KB055985

미스틱

ARCADE 0007 POEMUSIC 미스틱

1판 1쇄 펴낸날 2019년 9월 30일
지은이 장석원
펴낸이 채상우
디자인 최선영
인쇄인 (주)두경 정지오
펴낸곳 (주)함께하는출판그룹파란
등록번호 제2015-000068호
등록일자 2015년 9월 15일
주소 (10387) 경기도 고양시 일산서구 중앙로 1455 대우시티프라자 B1 202호
전화 031-919-4288
팩스 031-919-4287
모바일팩스 0504-441-3439
이메일 bookparan2015@hanmail.net

ⓒ장석원, 2019, printed in Seoul, Korea

ISBN 979-11-87756-50-7 03810

값 15,000원

미스틱

장석원

차례

음악이 거기에 있었다. 음악이 나를 호출한다. 음악이 나를 인도한다. 음악이 나를 흡수한다. 시작도 끝도 없는 음악. 영원한 현재. 음악이 손을 내민다. 음악이 가슴을 연다. 음악이 나를 안아 준다. 음악이 자신의 전부를 우리에게 내어 준다. 음악 속으로 들어간다. 음악과 나는 영원에 다다른다. 음악이 여기에 있다.

킹 크림슨
King Crimson

나의 목표는

혼돈의 힘을 이용하여 응축된 의지를 해체하고

숨어 있는 아나키를 조직하여

평정을 획득하는 것이다

—Robert Fripp

1969년, 킹 크림슨이 데뷔했다. 50년 전 우리에게 충격적인 전위가 나타났다. 혼돈과 평정이 뒤섞여 있는 이들의 첫 번째 앨범 『In The Court of The Crimson King』. 그들은 「21st Century Schizoid Man」을 앞세우고, 이전 시대와 단절을 선언하면서, 무정부주의 미학의 깃발을 게양한다. "죽음의 씨앗 눈먼 자들의 탐욕, 시인들은 굶주리고 아이들은 피 흘린다. 필요한 것은 아무것도 지닐 수 없다. 21세기 정신분열증 인간이여." 가사가 사라지자 베이스와 드럼이 구축하는 날 선 리듬이 결빙과 해빙을 반복한다. 1번 트랙의 분열증적 사운드에 이어, 이들이 어떻게 고요를 자신들의 음악 자산으로 활용하는지 그 실체를 증명하는 2번 트랙 「I Talk to The Wind」가 불어온다. 다가올 절멸에 대한 묵시록적인 비관으로 점철된 가사와 상관없이, 앨범의 3번 트랙 「Epitaph」는 한국인이 사랑하는 팝송에 등재되었지만, 이들의 음악에 열광하는 70·80세대조차, '크림슨 왕'이 무엇을 말하고자 했고, 어떤 음악으로 세계를 움직이게 했는지, 그 구체적인 면모를 알고 있지 못하다. 나 역시 비슷한 처지이다.

프로그레시브 락, 아트 락 같은 명칭의 범주 안에 귀속되는 것이 분명하지만, 1960년대 말에 태동하고 1970년대 초반에 르네상스적 광휘를 펼쳐 보였다가 1970년대 후반 들어 쇠락했던 예술적인 락 음악의 경계 안에 킹 크림슨의 음악을 가둘 수는 없다. 어떤 예술적 운동의 시원. 독창성을 넘어 단독성(單獨性)을 성취한 음악. 실험적 락 사운드와 시적 가사의 결합.

음악은 언어의 도움을 받아 감정을 증폭하고 의미를 창출한다. 언어는 음악을 통해 물리적 현재로 진입한다. 음악의 순수한 추상성은 언어라는 육체를 통과하면서 삶의 구체성을 획득한다. 언어의 가변적인 기호 관계는 음악이라는 영원한 추상의 현재를 동경한다. 「Epitaph」가 시작된다. 팀파니 소리와 멜로트론의 장중한 선율을 '아름답다'는 말로 표현하기는 쉽지만, 그 말로 음악이 구현하는 순간의 '아름다움'을 온전히 전달할 수 있을까. '아름다움'이라는 의미가 음악과 언어 사이에 분명히 존재하지만, 그것이 어떤 아름다움이고 어떻게 표현된 아름다움인지, 우리가, 음악을 지금 이 순간 듣지 않는다면, 절대로, '이' 아름다움은 '그' 아름다움이 될 수 없다. 내가 듣는 「Epitaph」와 당신이 듣는 「Epitaph」. 나와 당신이 서로 다른 곳에서 그것을 같이 듣는다고 하자. 비 내리는 당신의 창가와 가을 햇빛 넘실대는 나의 창가. 그 공간을 채우는 「Epitaph」는 절대로 같을 수가 없다. 슬픈 나와 즐거운 당신이 듣는 하나의 노래 「Epitaph」는 비탄과 행복으로 분리되는, 분명, 다른 노래이다. 「Epitaph」는 당신의 심장을 지나 나의 귀를 어루만지고 있어요. 엘피(LP)를 뒤집어야 하네요.

킹 크림슨의 핵, 리더이자 기타리스트 로버트 프립(Robert Fripp). 네 번째 트랙 「Moonchild」의 가사가 달빛에 녹아내린 후에 들려오는 기타 연주. 완강한 형식을 거부하고, 자유롭게 음 하나하나를 갖고 노는, 음악이라는 건물을 이루는 개별적인 음 하나하나를 실험하고 있는, 듣는 사람을 의자에 못 앉게 하는, 귀를 잡아채는 날 선 소리. 상쾌하기 그지없다. 이어지는 멜로트론의 폭포. 형용사 '아름답다'가 선사하는 절망. 나의 감정을 언어로 옮기지 못하는 더 큰 슬픔. 나를 사뿐히 밟고 전진하는 크림슨 왕이시여.

첫 번째 싱어였던 그렉 레이크(Greg Lake)가 프로그레시브 트리오 에머슨, 레이크 앤 파머(Emerson, Lake & Palmer)를 결성하기 위해 밴드를 떠난 후, 존 웨튼(John Wetton)이 베이스 기타와 보컬을 담당하게 된 1974년 앨범 『Red』를 듣는다. 프립의 기타와 웨튼의 베이스와 빌 브루포드(Bill Bruford)의 드럼이 기묘한 긴장과 다툼과 파열과 협정을 통과하는 듯한 격렬한 앨범. 수록된 다섯 곡 중의 백미, 「Starless」. 프립이 공명시키는 기타 현의 색깔은 설맹(雪盲)을 불러오는 백색. 1분 30초가 지날 즈음 처연한 목소리가 낮게 기어 온다. 별을 잃은 밤의 장막이 드리운다. 우리의 실명(失明)이 시작된다. 돌아오지 않겠지만, 당신은, 나를 그리워하리라, 반드시. 나의 읊조림이 끝나기 전에, 장전되었던 기타의 반복음이 시작된다. 로버트 프립은 어둠과 빛을 차곡차곡 쌓아 올린다. 딜런 토마스(Dylan Thomas)의 시에서 제목이 나온 음악. 리차드 파머 제임스(Richard Palmer-James)가 작사했다. "찬란한 날의 일몰/황금빛이 눈을 비추네/하지만 이제 내 눈에는/별 없는 밤 그리고 검은 성경//시리도록 차가운 은빛 하늘/회색 구름으로 변해 가네." 절망을 파열시키는 연주의 절정 속에서 바라보는 붉은 희망. 이것은 시각으로 번역된 음악의 이미지. 앨범의 첫 곡이 「빨강」이었던 이유.

그들의 검은 성경(「Starless and Bible Black」)을 연다. 손바닥을 맞댄

것 같은, 입술을 다문 것 같은 시집이, 찢어진 고요 속으로, 킹 크림슨의 몸 안으로 삽입된다. 김광섭의 첫 시집 『내일이 있어 우리는 슬프다』이다. 검은 성경이 되려고 하는 음악 또는 악의(惡意). 죽음으로 들끓는 이 세계를 처단한 후 스스로를 순장(殉葬)한 시인. 루오(Georges-Henri Rouault)의 검은 예수가 어른거리는, 킹 크림슨의 검은 음악 같은 시들 사이로 멜로트론의 은빛 선율이 쏟아진다.

> 사과에서 태어났네
> 한 삽의 빛과 한 삽의 어둠
> 너무 이른 삶과 죽음이 모여 이룬
> 사과에서 태어났네
>
> 처음 본 것은 은빛
> 은빛은 맨 나중에 온 것
>
> 오래 생각해도 되는가
>
> 이 많은 물음 가운데
> 이 많은 씨앗 가운데
>
> 그대가 깨문 욕망에서
> 뚝뚝 핏방울이 흘러내릴 때
> 파수꾼은
> 나를 파과라고 불렀다
> ─김광섭, 「파과」(『내일이 있어 우리는 슬프다』) 부분

언제나 그렇듯이 희망도 회색으로 변해 가네

　　　　　　　　　　　　—King Crimson, 「Starless」 부분

비명이 자욱하다. 책을 덮는 순간 검정이 파열된다. "Starless and Bible Black." 서쪽 하늘이 무너진다. 노래가 뱀의 눈빛처럼 퍼져 온다. 미명이다. 빛이 다가온다.

2000년에 선보인 『The Construkction of Light』에는 이전까지 리듬 섹션을 담당했던 드러머 빌 브루포드와 베이시스트 토니 레빈 (Tony Levin)이 참여하지 않는다. 원년부터 크림슨 왕이었던 로버트 프립이 에이드리언 벨류(Adrian Belew), 트레이 건(Trey Gunn), 팻 마스텔로토(Pat Mastelotto)와 완성한 「The Construkction of Light」을 듣는다. 기타 음 사이를 베이스가 촘촘하게 채우고, 다음 기타 음은 한 발 더 나아가고, 다시 축자적(逐字的)으로 음들이 연속된다. 빛의 주렴(珠簾), 빛의 빙폭(氷瀑). 빛의 집이 정교하게 건축되고 있다. 정확하게 전진한다. 조였다가 풀어 버리는, 긴장과 방출의 조화.

킹 크림슨은 한 장의 앨범, 그것도 데뷔 앨범으로 프로그레시브 락의 정점에 올랐다. 2000년의 앨범에서도 그들의 실험성은 변함없이 유지된다. 이것을 뭐라고 불러야 할까. 어떤 음악은 언어 이전의 힘을 발동시킨다. 킹 크림슨의 음악은 찬란하다. 그들이 건설한 음의 성채(城寨/星彩) 앞에서 느끼는 아나키즘적 열광. 이들이 선사한 들끓는 에너지를 번역하기란 불가능하다. 감각을 집중하고 반복해서 들어야만, 물리적 시간을 전투적으로 투여해야만, 킹 크림슨은 신비의 문을 열어 준다. 킹 크림슨은 포스트-프로그레시브 락(post-progressive rock)을 말하는 자리에서도 빠질 수가 없다. 9분을 휘젓는 기타 아르페지오가 청자를 혼몽 속으로 밀어 넣는 「FraKctured」

가 신경쇠약을 불러온다. 숨을 막히게 한다는 말로 표현할 수 있을까. 나는 킹 크림슨을 들으면서 '갈라진다(fractured)'. 로버트 프립의 기타가 마음에 균열을 만든다. 낯섦이 난해를 불러온다. 난해의 장막을 뚫고 들어가야만 '빛의 건축'을 경험할 수 있다. 자, 이제 형용사 '아름답다'의 의미 하나를 얻은 듯하다. 킹 크림슨의 전위적 음악과 시적 가사의 융합, 그 휘황한 빛의 세계를 체험한 후에, 비로소, 아름다움의 감각적 현실화를 경험했다고 우리는 말할 수 있을 것이다. 킹 크림슨의 노래가 시의 중요한 의미 맥락으로 교직된 시 한 편을 인용한다.

번들번들한 살갗에서 시작된 그것을 나는 모른다

누구의 눈물과 누구의 체액이 나를 슬프게 했는지
알고 싶지 않다

나의 일부였던 것이 사라지고 있다
시원은 어두운 주름이었다

그것이 나를 왜곡시키고 나를 해석한다
나는 노예이므로 굴종에 쾌감을 느낀다
미래에 사랑이 이루어지고 행복엔 날개 돋을까?

개좆같은 진보, 개좆같은 진보주의
미래라구?

(confusion will be my epitaph. I'll be crying……)

—장석원, 「악마를 위하여」(『아나키스트』) 부분

러쉬

Rush

1968년에 결성된 캐나다의 프로그레시브 락 밴드 러쉬의 멤버는 세 명이다. 베이스 게디 리(Geddy Lee). 기타 알렉스 라이프슨(Alex Lifeson). 드럼 닐 피어트(Neil Peart). 그들을 말하기 위해 필요한 것은 그들의 앨범 하나를 재생시켜 들어 보는 일. 「Signals」를 듣는다. 1번 트랙은 「Subdivisions」. 뮤직비디오도 있다. 베이스와 신디사이저를 번갈아 연주하며 노래까지 부르느라 게디 리는 바쁘다. 1980년대 들어서면서 신디사이저를 앞세운 뉴 뮤직(new music)이 득세를 한다. 1970년대 후반은 디스코의 시대. 유럽의 프로그레시브 락은 사운드의 핵심으로 키보드를 사용했다. 그럼에도 동시대에 키보드를 운용하지 않았던 러쉬. 마법의 악기 신디사이저가 음악의 형식과 내용 변화에 강력한 동력으로 작동할 즈음, 키보드가 편제되어 있지 않던 러쉬도 그것을 음악에 적극적으로 도입한 앨범답게, 여기저기서 건반의 선율이 물결친다. 3번 트랙 「Chemistry」가 흘러나온다. "신호 전송, 수신 메시지, 반응이 충격을 만들고, 보이지 않게, 자연적인 텔레파시, 에너지 교환, 반응이 충격을 만들고, 신비하게, 눈(eye)에는 나(I), 반응은 더욱 뜨거워지고, 둘에는 하나, 수면의 그림자, 수소에는 산소, 다른 것 없이는 흐름도 없고, 아 그러나, 어떻게 그들은 서로가 접촉을 만들어 내는가, 전기? 생물학? 나에게 그것은 화학." 화학결합으로 이끄는 접촉. 물, 수소 원자 두 개와 산소 원자 하나로 이루어졌지만, 물의 속성에는 기체인 수소와 산소의 성질이 없다. 기체가 결합하여 액체가 된다. 그것이 화학이다. 음악은 '나'와 '너'에게 화학이다. "감정 전송, 감정 수용, 추상 속의 음악, 긍정적으로! 자연적인 공감, 시너지 효과 생성, 음악은 접촉을 만드네, 자연스럽게."

키보드의 앞뒤에서 베이스가 출렁인다. 러쉬의 리듬을 표현할 수 있는 동사. 분절된 리듬이 시간을 재편하는 과정을 어떻게 말할 수 있을까. 게디 리의 베이스와 닐 피어트의 드럼이 결합한 '다중 리듬(polyrhythm)'의 두께와 깊이가 산출하는 아름다움의 근원은 무엇인가.

게디 리는 밴드의 음악을 전체적으로 리드한다. 밴드의 음악을 작곡하거나 편곡하는 과정에서 베이스 사운드가 핵심이 된다는 뜻이다. 어떤 코드가 등장해도 그 코드의 루트 음에 머무는 법이 절대 없다. 톤 자체도 상당히 강력해서 기타나 키보드를 능가하는 화려한 연주를 보여 준다. 프로그레시브 메탈의 시초가 되었던 게디 리의 베이스. 그가 작곡한 곡에서 사운드의 기초는 베이스 라인을 중심으로 이루어진다. 베이스 라인을 먼저 만든 후 멜로디를 삽입하는 방식의 사운드를 창조한다. 피크를 전혀 쓰지 않고 손가락만으로 펼치는 현란한 플레이와 하드한 톤은 압도적이다. 드러머 닐 피어트와 협연하는 리듬 섹션(예를 들면 「By-tor and The Snow Dog」 「Working Man」)도 자주 등장한다. 러쉬의 변박 리프는 1990년대 드럼 씨어터(Dream

Theater) 사운드의 초석을 다지는 데 결정적인 모티브를 제공한다.(이 부분은 서지 사항을 알 수 없는 『핫 뮤직(Hot music)』의 옛날 자료를 참조함.)

러쉬의 리듬을 압축적으로 드러내는 연주곡 「YYZ」. 언어가 없는 연주곡의 느낌을 언어로 표현하는 일의 덧없음 또는 불가능함 때문에 발생하는 열패감. 잘게 쪼개진 비트들. 여름날의 시냇물이 난반사하는 부서진 햇빛 같은 음들의 흘러넘침. 몇 번의 변박을 거치면서, 알렉스 라이프슨의 기타가 부드럽게 활주하고, 드럼과 베이스는 서로 다른 리듬 파트를 연주하고 있지만, 우리가 듣는 것은 세 악기가 하나로 통합되는, 음악이라는 신비. '러쉬'라는 아름다운 율동. 주관적인 판단이지만, 러쉬 최고의 연주곡이라고 생각한다. 곡이 끝나고 있다. 이 음악의 구성을 제대로 파악하기를 원한다면 최근의 라이브 클립을 감상해 보는 것도 좋다. 2007년 10월 16-17일 네덜란드 로테르담에서 앨범 『Snakes & Arrow』 투어로 연주되었던 라이브. 십 년도 넘었는데, 이들은 생생하다. 연주를 즐긴다. 흔들림 없이, 오차 없이, 정확하게 한 음 한 음을, 정교하게 분할하면서, 리듬을 시간의 박동으로 치환한다. 게디 리는 베이스를 멈추고 키보드를 연주하다가, 다시 베이스로 리듬과 선율을 동시에 주관한다. 5/4 박자로 출발, 5/8 박자로, 뒤이어 연속적으로 5/4 → 6/4 → 4/4 박자로 변환하는 리듬. 음악이 시간을 자유롭게 가공하는 현실을 경험한다. 이들이 전유(專有)한 시간의 순수한 운동은 난해하게 분절된 휴지(休止)와 조화롭게 어울리면서, 시간의 재배치가 불러오는, 약동하는 쾌감의 전환 과정을 생생하게 증명한다.

나선형으로 배열된 소용돌이 속의 소용돌이
거대하고 복잡한 패턴

시간이 지날수록 우리는 길을 잃는다
우리의 원인은 파악할 수 없다

양자 도약
시간과 공간 안에서
우주는 확장한다

(중략)

자연과 유사한 과학
또한 길들여져야 한다
보존을 향한 관점으로
동일하게 주어진
완전 상태
그것은 우리에게 도움이 될 것이다

시장의 캠페인이 아닌
표현으로써의 예술은
우리의 상상력을 사로잡을 것이다
동일하게 주어진
완전 상태
그것이 우리를 도울 것이다

가장 위험에 처한 종(種)
정직한 인간

여전히 절멸에서 살아남을 것이다

세상을 형성하는 것

완전 상태

예민한, 열린 그리고 강력한

—Rush, 「Natural Science」 부분

바닷가의 파도를 보면서 자연의 순환을 생각하고, 우주의 구성 원리 중 하나인 프랙탈을 떠올리기도 하면서, 예술의 가치가 무엇인지를 사색하게 하는 가사. 난해한 추상성으로 우리를 당혹스럽게 하는 내용이다. 닐 피어트가 작사한 텍스트의 수준 판단은 뒤로 미루자.[1] 고유명사 러쉬를 구성하는 중요한 요소인 가사의 시적(詩的) 특성이 음악과 결합하여 형용사 'progressive'의 의미를 획득하는 과정을 확인해 보는 일의 즐거움.

우리가 할 수 있는 모든 것, 살아남는 것

우리 자신을 돕기 위해 할 수 있는 모든 것, 살아 있는 것

우리가 할 수 있는 모든 것, 살아남는 것

우리 자신을 돕기 위해 할 수 있는 모든 것, 살아 있는 것

삭아 버린 잿빛의 누더기들

해골들, 도망치고 있네

소리치는 경비병들과 연기 나는 총이

불행한 자들을 없애 버릴 것인데

---

1 닐 피어트가 쓰는 가사는 난해하기로 소문이 자자하다. 캐나다의 대학생들이 동아리를 만들어 그의 가사를 연구하고 있다는 것은 재미있는 화제(話題)에 불과하다.

나는 손가락에 피가 흐를 때까지 철조망을 움켜쥘 것인데

치유할 수 없는 상처, 느낄 수 없는 심장

공포가 사라지기를 기원한다

내일이 오기를 희망한다

우리는 모두 자유로워질 것인데

(중략)

며칠 몇 주 그리고 몇 달이 지나도

굶주린다고 생각하지 말라, 약해서 울 수밖에 없다 해도

교도소 정문에서 총소리가 들린다

여기 해방된 자들

내가, 바라는 것일까

두려워하는 것일까

—Rush, 「Red Sector A」 부분

억압과 압제에서 해방되기를 바라는 주체의 염원이 표현된 가사. 제목 '붉은 구역 A'의 'Red'는 전체주의적 폭력을 의미하기도 하고, 그것에서 해방되고 싶어 하는 화자의 욕망을 지시하기도 한다. 자연스럽게 혁명의 빛깔을 떠올려도 무방하다. 박해받는 자들을 위해 '나'는 피가 흐를 때까지 철조망을 움켜쥘 것이라는 표현에서 저항과 전복을 꿈꾸는 자의 결의를 충분히 느낄 수 있다. 러쉬의 가사가 지닌 문학성의 실체.

이 시를 읽지 말고 들어 보자. 베이스가 아니라 기타가 주도한다. 게디 리는 키보드에 집중한다. 이 글의 시작에서 나는 3인조라는 단어를 강조했다. 멤버 셋이면 충분하다. 풍부하다, 아름답다, 강력하다, 진보적이다 같은 형용사로는 러쉬의 음악 세계를 온전히 표현할

수 없다. 다른 단어가 필요하다. 이들이 펼쳐 보인 문학 텍스트와 음악의 결합 양상을 제대로 느끼려면 더 많은 노력과 시간이 필요하다. 「Red Sector A」에 들어간다. 심장에서 붉은빛이 뿜어져 나온다. 낮게 파동 치는 힘을 흡수한다. 나는 러쉬의 음악이 '장대하다'고 생각한다. 프로그레시브의 전형이다.

우린 모든 것을 관장한다
너희들이 듣는 말과 너희들이 부르는 노래
너희들의 눈에 기쁨을 선사하는 그림까지

모두는 한 사람을 위해, 한 사람은 모두를 위해
우린 함께 해 나가는 거야 아들들아
어떻게, 왜, 이런 질문은 필요가 없다

우리는 시링스 사원의 사제들
위대한 컴퓨터가 빈 공간을 채우고 있다
우리는 시링스 사원의 사제들
삶의 모든 선물은 우리의 영역 안에 있다
—Rush, 「2112: Ⅱ. The Temples of Syrinx」 전문

이 이상한 물건은 뭘까
건드리면 소리가 나네
떨리면 음악이 흘러나오는 줄을 가지고 있네
내가 찾은 이 물건은 도대체 무엇일까

슬픈 심장처럼 노래하는 그 악기를

바라보네 즐겁게 고통을 외치는 광경

산처럼 높게 쌓아 올린 소리

또는 비처럼 부드럽게 떨어져 내리는 음들

—Rush, 「2112: Ⅲ. Discovery」 전문

1976년 앨범 『2112』의 표제 곡이다. 닐 피어트는 시링스 사원의 사제들이 인류를 지배하고 있는 2112년의 디스토피아를 그려 낸다. 인류의 미래를 밝혀 주는 것, 다름 아닌 기타이다. 음악이 인류를 구원할 것이라는 내용의 가사, 그중에서도 기타 소리를 묘사하는 부분은 한 편의 시이다. 슬픈 심장처럼 마음을 저미는 기타, 생의 고통을 길어 올리며 절규하는 기타, 산처럼 쌓아 올린 소리의 성곽 속에 삶의 빛을 담아 두는 기타, 빗방울처럼 떨어져 내리는 둥근 음표들이 걸려 있는 기타. 음악의 아름다움을 놀라운 이미지로 응축하는 닐 피어트의 가사를 두고 시냐 아니냐를 언급할 필요는 없어 보인다.

이 시를 더욱 빛나게 하는 것은 3인의 밴드가 길어 올린 아름다운 연주이다. 닐 피어트의 하이햇 심벌즈의 강력한 악센트 뒤에서 밴드의 다중 리듬을 분출하고 있는 게디 리의 베이스, 그 변박의 향연을 듣는다. 복잡한 음악 이론 없이도 우리는 황홀한 미적 체험 속으로 침몰한다. 이것은 분명 시이다.

시가 할 일은 음악의 리듬을 통사 구조로 옮겨 오는 것이다. 리듬과 신택스(syntax)의 교환 또는 번역. 가능성의 여부를 떠나서 시가 할 수 있는 일은, 언제나, 언어로 재현하는 것이다. 시는 언어 그 이상도 이하도 아니다. 시는 언어 없이는 성립할 수가 없다. 자음과 모음으로 이루어지는 문자는 음표가 아니다. 시와 음악은 다르다. 시

는 음악이 될 수 없다. 음악은 의미 없이 성립할 수 있지만 시는 언어의 의미 없이는 이루어질 수 없다. 이 차이들이 시와 음악을 분기하여 개별화한다.

툴
Tool

난해한 가사가 펼쳐 내는 독창적인 세계관과 철학, 독특한 시각 이미지를 집적한 뮤직비디오와 앨범 아트, 현란하고 복잡하고 혼종적인 음악. 이 세 요소의 결합 결과, '도구/물건'의 음악은 구성적(構成的) 내용 특성에 가닿은 후, 곧이어 구상적(具象的) 형식미를 획득하는 국면으로 '변형/변태'한다. 그들은 우리를 기이한 상상의 세계로 데려간다. '심오하다'는 말로 표현할 수밖에 없다.

우리나라에서는 인기가 많지 않은 프로그레시브 메탈(progressive metal) 밴드 툴의 음악을 지칭하는 명사들은 평자와 청자에 따라 제각각(얼터너티브 메탈, 프로그레시브 록, 아트 락, 헤비메탈, 뉴 메탈 등등)이다. 명칭은 중요하지 않다. 그들은 진보적이고 단독적인 음악의 창조자들이다. 툴과 나의 동반 과정에 있었던 삽화들.

에피소드 1: 2006년 8월 15일. 광복절. 태극기가 그려진 티셔츠를 입은 청년들이 많이 보였다. 잠실 올림픽 주경기장. 콘크리트가 내뿜는 복사열이 지글거리고 있었다. 정각 18시. 툴의 음악이 연주

되기 시작했다. 「Stinkfist」였을 것이다. 잔디밭에서 김밥을 꺼내 먹던 우리 일행은 씹으면서 달음박질했다. 경기장에 울려 퍼지는 툴의 음악. 반응이 없었다. 보컬리스트 메이너드 제임스 키넌(Maynard James Keenan)이 관중에게 물었다. "우리가 누구지? 우리가 누구지?" 조용했다. 그가 말했다. "우리가 툴이라고!" 툴의 네 번째 앨범이 빌보드 앨범 차트 1위에 오른 직후였지만, 한국 청년들은 그들에게 관심이 없었다. 그날의 주인공은 오프닝 공연자 툴이 아니라 메탈리카(Metallica)였기 때문이다. 이 땅에서 툴의 라이브는 다시 볼 수 없을 것이다.

에피소드 2: 그들의 세 번째 스튜디오 앨범 『Lateralus』 발매 후. 대학로 비어할레의 송년 모임에서 만난 후배 시인 정재학이 말했다. 형, 내가 생각하기에 툴이 너바나(Nirvana)보다 더 위대한 것 같아. 뭐라구? 그게 말이 되니. 절대로 그렇지 않아. 어떻게 그런 말을 하니. 그때 나는 툴을 잘 모르고 있었는데, 정재학은 툴을 나보다 잘 알고 있었고, 나보다 음악을 많이 듣고 알고 사랑하던 상태였고, 나는 툴 따위가 뭔데 요절한 커트 코베인(Kurt Cobain) 위에 올려놓느냐며 조금 분개했지만, 음악 고수 정재학의 말에 귀가 솔깃했다. 나는 그들의 앨범을 재빠르게 구입했고, 곧, 툴이라는 블랙홀에 빨려 들었다.

에피소드 3: 시인 조연호 역시 툴을 사랑했다. 그는 툴의 1집 『Undertow』에 실린 곡 「Sober」를 무한 반복해서 들었다고 말했다. 그와 나는 동갑이었지만 그는 나의 음악 선배였다. 그는 기타와 시타르 연주자였다. 그가 투덜댔다. 툴의 음악을 기타로 연주할 수가 없어. 아휴, 미치겠다. 이유는? 그가 힘주어 말했다. 리듬 말야, 리듬이 너무 어려워. 서너 해 연습해야 될 것 같아. 툴을 좋아한다는 동지 의식 팽창. 의기투합. 홍대 앞 어느 바에서 술을 많이 마시고 안주를 비싼 것으로 먹는다는 조건으로, 툴의 앨범 넉 장을, 이어드럼(eardrum)을 꽝꽝 두드리는 볼륨으로, 진지하게, 맘껏, 들었다. 10년 전 일이다.

툴의 네 번째 앨범 『10,000 Days』가 나온 지 13년이 지났다. 첫 앨범은 1993년, 두 번째 『Ænima』는 1996년, 『Lateralus』는 2001년에 발매되었다. 30년이 되어 가는 활동 기간 동안 달랑 네 장밖에 정규 앨범을 내놓지 않았다. 기다리다가 포기했다. 정말로 과작(寡作)이다. 욕해야겠다. 나쁜 놈들.

그들의 음악은 어렵다. 싱글 「Lateralus」는 작사와 작곡에 피보나치(Fibonacci)수열을 사용했다고 전해진다. 9/8 → 8/8 → 7/8 박자로 반복되는 곡의 구조에서 '987'은 피보나치수열의 17번째 숫자이다(피보나치수열의 예: 0, 1, 1, 2, 3, 5, 8, 13, 21, 34, 55, 89, 144, 233, 377, 610, 987, 1597……). 피보나치수열은 0과 1로 시작하며, 다음 피보나치 수는 바로 앞의 두 피보나치 수의 합이 된다.[1] 가사의 음절 수 역시 피보나치수열의 조합으로 이루어진다고 한다.[2] 기타리스트 아담 존스(Adam Jones)가 창조해 낸 독창적인 시각 디자인은 또 어떠한가. 차원 분할 도형 프랙탈(fractal)을 적극적으로 사용한 이미지 역시 피보나치수열과 관계있다.

툴의 음악이 낯설고 난해하게 느껴져서 거부감이 든다면, 일단 뮤직비디오를 시청해 보는 것도 좋다. 「Vicarious」 「Prison Sex」

---

1 피보나치수열의 개념은 위키피디아를 참조.

2 이 곡의 가사 첫 부분은 다음과 같다. "Black, then/white are/all I see/in my infancy/red and yellow then came to be/reaching out to me/lets me see". 각 행의 음절 수는 '1, 1, 2, 3, 5, 8, 5, 3' 순서로 진행된다. 피보나치수열대로 늘었다가 줄어든다. 유튜브 및 위키피디아 참조.

「Schism」「Parabola」 등등을 권한다. 시각적인 충격과 쾌감에 전율하게 될 것이다.

툴 음악의 중요한 특징은 '다중 리듬'이다. 킹 크림슨과 러쉬의 진정한 후계자로 툴을 꼽는 것도, 이들의 작품을 두고 우리가 '전위적'이라는 단어를 사용할 수 있는 것도 이러한 특징 때문이다. 툴의 리듬을 담당하고 있는 드러머 대니 캐리(Danny Carey)와 베이시스트 저스틴 챈슬러(Justin Chancellor). 이들이 뿜어 올리는 리듬은 역동적인 그루브로 파열한다. 네 번째 앨범에 실린 「The Pot」. 이들이 자주 사용하지 않는 4/4 박자. 저스틴 챈슬러의 베이스 솔로가 곡 전반을 주도하다가, 후반부에서 작열하는 연주는 듣는 이의 심장박동을 상승시킨다. 숨 쉴 틈 없이 꽉 찬 베이스의 압박에 혈압이 치솟는다. 연주가 3분 정도 진행된 후 6/8 박자로 변박, 40초 후에 3/8 박자로, 뒤이어 3/4 박자로 바뀌면서 곡의 진행은 성겨진다. 베이스는 큰 강물처럼 멈추지 않는다. 다시 4/4 박자로 돌아간다. 4분 30초가 경과할 즈음, 베이스는 날개를 펼친다. 절정이 다가오고 있다. 천둥이 타격한 범종. 울려 퍼지는 베이스. 소리 사이의 휴지가 짧고 불규칙하다. 유성(有聲)과 무성(無聲)의 순간이 격렬하게 뒤섞인다. 5분 40초 무렵 박자는 6/8 박자로 움직이고, 6분이 지나면 3/8 박자가 끼어든다. 세 마디 후에 4/4 박자로 환원. 베이스와 드럼이 하나를 이루어 6분 30초에 급작스럽게 종결되는 구조.

툴의 시간 배치는 평면적이지 않다. 그들은 6분 동안 박자를 쪼갰다가 뭉치고, 벌렸다가 욱여넣는다. 시간의 흐름이 리듬에 의해 역동적으로 배치되고 조정된다. 초 단위로 분절된, 과거에서 출발하여 현재를 지나 미래로 사라지는, 균질적인 시간은 존재하지 않는다. 나날의 삶이 기록하는 시간이 그렇듯이, 툴이 만들어 내는 리듬은,

생(生)이 우리의 몸에 각인시키는 시간의 구조를 사실적으로 재현한다. 시의 시간과 비슷하다.

인식 주체에게 시간은 언제나 상대적이다. 사랑에 빠진 자의 몸을 관통하는 환희의 시간과 이별한 자의 어깨를 짓누르는 고통의 시간은 절대로 같을 수가 없다. 리듬은 언제나 단 하나의 순간을 창조한다. 지금 청취한 툴의 「The Pot」과 어제 감상한 그 노래는, 언제나 달라서, 그 유일한 순간을, 시처럼, 영원한 현재에 가둔다. 살아 있음을 예증하는 생명의 호흡과 리듬은 일치한다.

'홀수박자, 다중 리듬과 다중 미터들의 빈번한 사용(frequent use of odd time signatures, polyrhythms and polymeters)'으로 설명되기도 하는 대니 캐리의 드럼이 저스틴 챈슬러의 베이스와 경쟁한다. 두 악기의 다른 두 리듬이 '헤테로포니(heterophony)'처럼 전체라는 통합체를 이룬다. 차이와 차이가 결합하여 다중 리듬을 생성한다. 개인적으로 툴의 작품 중에서 가장 좋아하는, 그들의 음악 중에서 가장 정교한 구성과 현란한 연주를 보여 준다고 생각하는, 「원한(The Grudge)」[3]이 '세 번째 눈'[4]을 뜬다.

그것을 주춧돌처럼 단단히 고정시켜라

---

3 이 곡은 공식 뮤직비디오가 없다. 음악의 분위기와 내용이 비슷한 애니메이션 「블랙워터 가스펠(Backwater Gospel)」에 팬들이 음악을 덧입힌 작품을 유튜브 (https://www.youtube.com/watch?v=hP5yTcK7b8Y)에서 시청해 보기를 권한다. 곡의 절정에서(약 7분 27초) 제임스가 절규하는 부분과 애니메이션의 내용이 무척 잘 어울린다. 난해한 가사와 반종교적인 만화의 내용은 서로 무관하지만 이질적인 두 텍스트의 혼종이 불러오는 감정적 반응은 '끔찍하다. 그리고 좋다'이다.

4 『Ænima』의 마지막 곡이 「Third Eye」이다. 툴의 작품에 나타나는 '세 번째 눈'은 새로운 인식의 세계를 상징한다.

그렇지 않으면 모든 것이 무너져 내린다
너의 거부를 정당화하고 그들을 고독한 종말로 이끌어라
그것을 주춧돌처럼 단단히 고정시켜라
그렇지 않으면 모든 것이 무너져 내린다
잘못될 상태를 두려워하면서
최후의 감방

토성이 떠오른다, 1 또는 10을 선택하라
기다려라 그렇지 않으면 다시 비참해진다
　　　　　　　　　　　　　　　—Tool, 「The Grudge」 부분

내가 태어나기 전부터 음악은
저 대기 속의 햇빛처럼
거기에
있었다
심장

음악의 출발지는 그곳

드디어! 툴의 다섯 번째 앨범이 지난달 말에 발표되었다. 『Fear Inoculum』. 9월 첫 주, 빌보드 앨범 차트 1위로 등장, 발매 1주 만에. 반갑고, 고맙다. 13년의 기다림이 끝났고, 다시, 긴 기다림이, 벌써, 시작되었다.

판테라

Pantera

헤비메탈의 긍정적 감응력이 있다면? 그것이 분노와 증오를 누그러뜨린다는—사실 같지 않은—사실. 금속 소음이 인성과 감성을 파괴한다고, 사탄의 강림이라고 준엄하게 가르치는 사람들이 많다. 음악이 절대 악에 사용된 역사적 예는 따로 있다. 나치가 아우슈비츠에서 바그너의 작품을 유태인 학살의 배경 음악으로 사용한 사실. 중금속(heavy metal) 음악이 청년들을 악에 빠뜨리고, 그들을 물리적으로 파괴했다는 예는 찾아보기 어렵다. 메탈은 나를 착하게 만든다. 나에게는 이 금속의 열광을 거부할 능력이 없다. 적의를 평화로 변화시키는 힘 앞에서 '시끄럽다'는, 단연코, 틀린 말이다.

애호하는 음악에는 청자만의 고유한 추억이 강렬하게 들러붙어 있을 때가 많다. 그 사람과 헤어진 날, 나의 슬픔을 위로해 준 제프 벅클리(Jeff Buckley)의 「Lilac Wine」보다 절실하게 아름다운 육성을 찾을 수 없는 것과 비슷하다. 판테라의 「Suicide Note 2」를 듣는다. 아프다. 깨진다. 분해와 분열이 동시에 진행된다. 나는 가루가 된다.

바람 속의 먼지가 된다. 쪼개진 음절이 되고, 하얀 소음이 되고 만다. Do it, do it, try it, retry it. 가끔 삶에 무릎을 꿇고 싶을 때, 무엇을 한다 해도 '나'를 용서하기 힘들 때, 적의로 가득 찬 세상의 주먹에 한 대 얻어맞았을 때, 무엇인가를 파괴하고 싶지만 그 목표나 대상이 잘 보이지 않을 때, 한 작자를 흠씬 패 주고 싶을 때, (토하도록 술을 마시고 노래를 고래고래 부르며 엉엉 울기도 한다), 뭉개지고 싶을 때, 멍든 영혼을 쉬게 하고 싶을 때, 어떤 실패 때문에 녹아내리도록 울고 싶을 때, 「Suicide Note」 연작을 들으면서, 찌질한 나에게 보내는 마지막 글을 상상해 보곤 한다. 발라드 '노트 1'에서 메탈 '노트 2'로 급변할 때, 나의 뇌압은 상승하고, 필 안젤모(Phil Anselmo)가 악을 쓰면서 비루한 이 세계를 두드려 부술 때, 나는 멀쩡해져서 '지금, 이곳'으로 돌아온다. 파워(power)라는 단어가 어울리는 이 그루브 메탈(groove metal) 밴드는 자살을 조장 또는 방관하는 가사와 상관없이 청자의 감정을 순화시킨다. 20대 중반을 군대에서 길게 보낸 나는 그들의 「25 Years」를 들을 때마다, 여전히, 얼룩무늬 군복을 입고 어깨에 힘을 주고 담배를 꼬나물고 전투모를 삐딱하게 쓰고 숫자가 들어가는 욕을 하고 싶어진다. '다시 한 번 나를 괴롭히면, 그냥 확……'

판테라는 『저 머나먼 쪽으로(Far beyond Driven)』, 1994년으로, 나를 데려간다. 11사단 53포병대대에서 만난 판테라. 토요일 오후 중식 이동 시간에 그들을 공기 중에 흘려보냈다. 연병장에 울려 퍼지던 판테라의 「5 Minutes Alone」. 잠시 후 위병소 옆 관사에서 전화가 걸려 왔다. 대대장이 말했다. 어떤 새끼야, 당장 끄라고 해. 몰랐다. 대대장이 교회에 다닌다는 사실을. 대대원들도 나를 좋아하지 않게 되었다. 그때 어린 군인들은 룰라의 김지현에게 넋을 빼앗기고 있었다. 그때 김건모의 레게 「핑계」가 들썩거리고 있었다. 판테라는 판이나 트는, 신촌 일대의, 어두운 락바에서나 들을 수 있었다. 지금이나 그때나 헤비메탈은 소수가 즐기는 음악이다. 첫 번째 이유, 시끄럽다. 두 번째 이유, 반사회적 또는 반종교적 또는 반체제적이다. 그리하여 박해받는 헤비메탈. 서글픈 눈빛 머금고 외친다. "Metal forever!"

판테라의 음악은 '정말로' 시끄럽다. 소리의 크기를 말하는 것이 아니다. 소리의 부피가 커서 시끄럽다. 4인조 메탈 밴드이지만 원 기타. 다임백 대럴(Dimebag Darrell)이 연주하는 기타는 쉴 틈 없이, 촘촘하게, 금속성 사운드로 공간을 채운다. 강철이 파동 친다. 그는 기타 한 대로 메탈 리프를 축조(築造)하기 위해 더욱더 격렬하게 연주한다. 다임백은 2004년 12월 8일 공연 중에 팬이 쏜 총에 맞아 세상을 떠났다. 와미 바(Whammy Bar)를 사용하여 징징 울리는 소음을 증폭한 연주가 돋보이는 노래 「Becoming」. 패배와 굴욕으로 얼룩진 삶을 박차고 일어나 강한 존재가 되겠다는 다짐이 상스럽고 거친 단어로 표현되었다. "나는 뱀눈을 지닌 채 다시 태어났어." 지금의 삶보다 나아질 것이 없다고 생각할 때, 판테라의 '되기'는 이상한 충동을 불러일으킨다. 뱀의 신체를 빌어 새로운 존재가 되겠다는 청년의 들끓는 분노는 철학의 추상성을 격파한다. 생각하지 못했던, 생각할 수 없었던 이질적인 존재가 될 수 있다면, 그렇게 할 수 있는 용기와 힘을 지닐 수 있다면, 헤비메탈은 즐기고도 남을 음악이 될 것이다.

「Slaughtered」가 따라온다. "당신의 신성한 암퇘지들이 남겨져 있어, 살육당하고 살육당한……". 가사가 서늘하다. 극단적인 공격성에도 불구하고, 판테라의 앨범 『Far beyond Driven』은 아트(art) 메탈이다. 메탈리카(Metallica)의 네 번째 앨범 『…And Justice for All』은 첫 곡부터 마지막 곡까지 완벽한 짜임새를 통해 스래시 메탈(thrash metal)에 총체적 예술성이라는 단어를 사용할 수 있게 했다. 헤비메탈을 헤드뱅잉하지 않고 가만히 앉아서 경청해야 하는 수준을 메탈리카가 이룩했는데, 1994년에 선보인 판테라의 7번째 정규 앨범 역시 그러한 경지를 펼쳐 보인다. 1번 「Strength beyond Strength」부터 4번 「I'm Broken」을 통과, 잠깐의 휴지기가 지나고, 7번부터 11번 「Throes of Rejection」에 이르는 과정이 끝날 즈음, 청자는 두드려 맞은 것처럼 얼얼해진다. 뚫린 것처럼 시원해진다.

필 안젤모의 허리 통증 때문에 가사가 씌어진 「I'm Broken」은 인상적인 기타 리프가 몸의 전압을 일시에 상승시키는 곡이다. '브로큰'을 '파산하다'로 바꿔도 틀리지는 않지만, 직역해서 '나는 부러졌어'로 이해하는 편이 훨씬 시적이다. 나는 부러졌어, 내 인생은 깨졌어, 인생이 작살났어 등등으로 의미를 조금씩 변경해 보면 '나'의 상황과 감정에 들어맞는 경우가 찾아온다. 취업에 실패했거나 사랑이 조각난 청년이 입술을 떨며 나지막하게 내뱉는 독백 '나는 부러졌어'. 응축된 문장 속에 담긴 분노의 진폭을 헤아리기란 쉽지 않다. 판테라의 「I'm Broken」이 시를 연상시키는 이유가 이것이다.

2001년 5월 6일 올림픽공원 테니스 경기장의 라이브. 나는 그때 그곳에서 이빨을 드러낸 채 그르렁거리는 판테라의 거친 숨과 금속들의 울부짖음과 관객들의 찌르는 비명이 뒤섞인 유쾌한 난장판 속에서 술을 마시고 싶었다. 질서를 지켜야 한다는 주최 측의 반복되는 안내 방송. 과격한 밴드가 무대에 등장할 것인데 관객 여러분들은 흥분하면 안 된다, 만일의 폭력 사태에 대비해야 한다, 교조적인 말들, 쏟아지고, 진짜 의무경찰들이 등장했다. 또렷이 기억에 남아 있는 장면 하나. 모든 이들이 점프하기. 사랑이 불러오는 고통을 발라드로 시작해서 뜨거운 외침으로 고양시키는 「This Love」. 연결된 「Walk」. 첫 소절이 나오자마자 모두는 일어서고, 모두는 뛰어오르기 시작. 하늘로 치솟으면서 함께 외쳤던, "리-스펙트, 웍!" 콘크리트가 흔들렸다.

노래가 지나간 뒤의 갈증. 채워질 수 없는 '텅 빈 청춘'을 관통하던 판테라. 젊음의 열기를 금속의 열기가 잠재웠다. 이열치열(以熱治熱), 이통치통(以痛治痛), 이고치고(以孤治孤), 이애치애(以哀治哀).

지금도 그 자리에 나는 서 있다. 판테라가 다가온다. "당신은 우리를 좆나게 적대적이게 만들어(You're making us fucking hostile)." 나는 판테라의 「Fucking Hostile」을 청춘 송가의 하나로 생각한다. 동해로 놀러 가던 2000년 8월 초순, 미시령 위에서 파란 바다를 눈 밑에 두었을 때, 차창 밖으로 퍼져 나가던 판테라는 아드레날린 펌프였다. 오늘 밤 '빡쎄게' 마셔 보는 거야! 미시령에서 헤드뱅잉했던 우리. 후일의 시인들. 이현승, 주영중, 노춘기 그리고 나. 그리고 지금의 아내.

절망과 좌절과 실패와 공포의 총량은 오늘도 여전하다. 이 세계는 나아질 것 같지 않다. 한 발 내딛은 것 같은데, 돌아보면 언제나 그 자리이다. 몸도 마음도 약해지고 있다. 희망, 행복, 미래 같은 클리셰(cliché)조차 낯설어진 오늘, 판테라를 듣는다. 내게 고통이 있었다. 그것이 기록되었다. 그 물증. 판테라의 작품 제목을 따온 시 한 편.

경도(京都)의 밤, 피의 얼굴로 기록에 골몰한다, 나를 용서하길, 나의 절멸을 상상하고, 그대는 행복해하기를, 사랑이 파괴된 후, 압천(鴨川)의 물소리처럼 욕망이 부글거릴 때, 내 고통의 흔적을 아로새긴 물결의 수효를 기억하라

내가 나를 속이고, (사랑의 대칭), 그대가 나를 속이고 난 후 우리는, 조개껍질처럼 괄약근처럼, 우아한 침몰을 위해, 모래의 입으로, 오늘의 파괴를 경축하며, 새로운 패망의 역사를 위해 서로를 파(破)한 후, 끈끈이를 분비하고, 같이[假齒], 패류의 화석이 되자

이마에 압정을 박고 더 긴 후회를 시작할 것이다
— 장석원, 「suicide note」(『리듬』) 부분

그리고 비니 폴! 안녕! 천국에서도 드럼을 치겠지?

우리 곁을 떠난 천사들—레너드 코헨, 존 웨튼, 레미 킬미스터, 크리스 코넬, 체스터 베닝턴

Leonard Cohen, John Wetton, Lemmy Kilmister, Chris Cornell, Chester Bennington

산뜻하게 너는 떠나고

밖에는 비가 내리고

나는 옷을 갈아입는다

너 떠난 지 이미 오래지만

나는 늘 현재형으로

'너는 떠나고'라고 쓴다

푸른 우산을 갖고 밖으로 나가기 전에

없는 너를 찾아 나가기 전에

모스트 페이머스 블루 레인코트(most famous blue raincoat)를 듣는다

그 노래에서는 언제나

존재의 서글픈 아름다움이 흘러나온다

산뜻하게 너는 떠나고

나는 블루 레인코트를 걸치고

나가기 전에 다시 한 번 듣는다

모스트 페이머스 블루 레인코트의 추억을

● most famous blue raincoat: 레너드 코헨이 부른 한 유행가 제목

—최승자, 「모스트 페이머스 블루 레인코트(most famous blue raincoat)」

(『물 위에 씌어진』) 전문

　2016년 노벨문학상, 밥 딜런(Bob Dylan)의 수상. 밥 딜런 때문에
우리는 소란에 빠져들었다. 레너드 코헨이 그즈음(2016년 11월 10일)
82세의 나이로 세상을 떠났다. 음유시인이자 소설가이며 가수였던
천재 예술인이 하늘의 별이 되었다는 사실을 슬퍼할 겨를도 없이 겨
울이 깊어졌고, 우리는 그의 음악과 목소리와 시를 빠르게 망각하
고 말았다. 지그시 눈을 감고 '가장 즐겨 입던 파란 비옷'을 읊조리는
사람의, 파고들어 침전되는, 목소리는 아름답다 못해 전율을 불러온
다. 그의 목소리는 커피 빛이다. 향기와 빛을 품은 목소리. 레너드
코헨의 목소리가 길어 올리는 아름다움 속 그것.

　　당신이 애인을 원한다면

　　당신이 내게 요구하는 무엇이든

　　하겠어요 그리고 또

　　다른 종류의 사랑을 당신이 원한다면

　　나는 당신을 위해 가면을 쓰겠어요

　　당신이 파트너를 원한다면

　　내 손을 잡아요 아니 분노가 치밀어

　　나를 때리고 싶다면

여기에 내가 서 있을게요

나는 당신의 남자랍니다

(중략)

달이 너무 밝아요

체인이 너무 조여요

이 짐승은 잠들 수가 없어요

당신과 나의 약속을 줄곧 지키려 했는데,

내가 만든 그 약속을 나는 실행할 수 없었습니다

때문에 한 남자는 한 여자를 다시 되찾지 못했습니다

무릎 꿇고 빌지 않겠어요

내가 당신에게 기어갈게요

당신 발밑에 엎드리겠어요

당신의 아름다움을 울부짖으며 찬미할게요

열에 들뜬 개처럼

그렇지 않으면

당신의 심장을 할퀼지도 몰라요

당신의 시트를 찢을지도 몰라요

제발 제발 애원합니다

나는 당신의 남자예요

— Leonard Cohen, 「I'm Your Man」 부분

저음에서 다른 저음으로 움직이는 사람. 한 남자가 한 여자에게 애원한다. '만약에 당신이 - 한다면, 나는 - 하겠습니다' 문형에 실

려 우리에게 다가오는 사랑의 갈구. 읽는 텍스트의 시에서 듣는 목소리의 시로 이동하라고, 노래 속으로 들어오라고 코헨이 우리에게 말한다. 당신 때문에 '나'라는 짐승은 잠들지 못한다. 당신이 사랑을 받아들일 때까지 애원하고 또 애원하겠다는 한 남자의 갈망이 흑갈색 향(香)처럼 맴도는 노래. 그의 목소리는 아래로, 안으로 휘감겨든다. 사랑이 이루어지지 않는다면, 마침내 푹 꺼지는 불꽃이 되고 말 것이라는 위협 아닌 위협이 사랑에 기갈 든 사람의 체온을 느끼게 한다. 읽는 시로도 부족하지 않은 텍스트이지만, 듣는 시가 되었을 때, 우리는 노래와 시가 아름다움과 감동을 위해 협업(collaboration)하는 순간을 경험한다. 레너드 코헨의 시와 노래는 대결하지 않는다. 그의 시는 노래를 위협하지 않는다. 그의 노래는 시를 고사시키지 않는다.

제프 버클리의 노래로 유명해진 「Hallelujah」가 들려온다. 레너드 코헨이 원곡을 불렀다는 사실. 많이 알려져 있지 않다. 노인이 나에게 노래를 불러 준다. 노인이 나의 슬픔을 가져간다. 노인이 다독인다. 그게 삶이야, 그게 사랑이야, 그게 바로 너야. '할렐루야, 할렐루야, 할렐루야……' 따라 부른다. 위로받는다.

대학 1학년 때, 「I'm Your Man」을 듣고, 저음의 중력을 경험하고, 사랑하는 여인을 위해 나도 그렇게 될 수 있을 것이라는 희망을 가져 보았다. 몇 년 지나지 않아서 와장창 깨지고 만 바람이었지만……. 시인의 노래를 듣는다. 그의 노래 「Dance Me to The End of Love」의 비디오를 본다. 백열등이 가슴속에 켜진 것 같다. 따스해진다. 행복해진다. 천사가 된 시인, 아름다운 가수의 명복을 빈다.

존 웨튼이 킹 크림슨을 떠난 후, 밴드 'UK'를 거쳐, 1982년, 슈퍼 밴드라고 불렸던 아시아(Asia)의 베이시스트 겸 보컬리스트가 되었을 때, 모두는 환호했다. 로저 딘(Roger Dean)의 앨범 커버(2010년에 국내에서 전시회가 열렸다. 로저 딘은 아시아 이외에도 예스(Yes)와 유라이어 힙(Uriah Heep)의 앨범 커버도 디자인했다)가 돋보이는 밴드 아시아의 멤버들. 예스 출신 기타리스트 스티브 하우(Steve Howe), 버글스(Buggles)와 예스를 거친 키보디스트 제프 다운스(Geoff Downes), 프로그레시브 트리오 ELP(Emerson, Lake & Palmer)의 드러머였던 칼 파머(Carl Palmer). 이들의 경력만으로도 화제가 되기에 충분했다. 존 웨튼의 베이스 연주를 뚫고 나오는 호소력 짙은 목소리. 가수로서의 존 웨튼이 나는 좋다. 아시아의 프로그레시브와 하드 락이 결합된 음악적 색채를 그의 노래가 표현한다고, 존 웨튼의 노래 중에서 아시아 시절의 보컬 능력이 가장 좋다고 생각한다. 스티브 하우의 투명한 기타가 배음인, 존 웨튼의 긁히는 목소리가 뚜렷한, 「Cutting It Fine」이 열린다. 서걱이는 대나무 같은 느낌. 칼 파머의 드럼이 화려하게 비상하고, 키보드와 기타가 과녁을 향해 날아가는 화살처럼 다가오는 노래 「Wildest Dreams」에서 존 웨튼은 거친 빗줄기를 연상시키는 목소리로 청자에게 달려온다. 탁성이지만 시원하다. 민트 향이 번질 것 같은 존 웨튼의 목소리가 스며든다. 2017년 1월 31일에 우리를 떠났지만, 그의 노래는 지금도 머리 위에서 활강하고 있다. 촛불처럼 동공(瞳孔)에 고이는 노래 「Without You」가 나에게 온다.

모터헤드(Motorhead)의 베이스 연주자이자 리드 보컬 레미 킬미스터는 약물 중독자였다. 죽으려고 작정을 하고 자신을 학대했지만 죽지 못했고, 덕분에 그는 음악에 오래 머물 수 있었다. 3인조 헤비메탈 밴드 모터헤드의 음악적 색깔은 레미 킬미스터의 목소리에 빚지고 있는 듯하다. 그는 울부짖는 늑대이고, 포효하는 격투기 선수이다. 그의 목소리에는 휘발하는 가솔린이 들어 있다. 그의 목소리에는 짙은 카키색이 녹아 흐른다. 그의 목소리에는 신맛과 쓴맛이 뒤섞여 있다. 가죽 바지와 해골이 그려진 검정 티셔츠를 입고 머리에 모터를 단 듯 멈춤 없이 헤드뱅잉을 하고 싶게 만드는 모터헤드의 음악도 레미의 죽음으로 막을 내렸다. 그들의 앨범 『Bastards』를 꺼낸다. 가사는 청소년에게 유해하지만, 음악은 유쾌하게 질주한다. 부릉부릉 시동을 건다. 엔진의 진동을 느낀다. 폭주하고 싶은 욕망 발생. 스파크가 튄다.

사운드가든(Soundgarden)의 보컬리스트였던 크리스 코넬이 2017년 5월 18일에 하늘로 돌아갔다. 밴드 '소리 정원'은 황무지가 되었다. 얼터너티브 락(alternative rock)의 시대가 끝났다는 상징. 그의 솔로 곡 「The Promise」가 다가온다. 그의 목소리가 살갗을 덮는다. 마른다. 대패처럼 벗겨 내는 목소리, 저미는 목소리, 평면에 주름을 만드는 목소리, 프리즘을 통과한 햇빛처럼 휘황한 색채로 갈라지는 목소리, 은단을 씹은 것처럼 목구멍 안쪽을 환하게 밝혀 주는 목소리 그리고 잔향(殘響)이 사라지는 순간에 퍼지는 방향(芳香)……. 세계는 바스러져 반짝이는 먼지가 된다. 크리스 코넬의 은박지 같은 목소리가, 그가 죽은 후로, 곡성(哭聲)으로 들리는 이유는 무엇일까. 그는 왜 노래를 그치고, 저 하늘의 거대한 파랑 속으로 잠수했을까. 사운드가든이 시애틀 그런지(Seattle grunge) 4대 밴드로 불릴 때, 그의 노래에는 힘이 넘쳤고, 더 메탈릭했고, 조금 더 사이키델릭했다. 오디오슬레이브(Audioslave)에서 활동할 때, 그는 사운드가든 시절보다 깊은 어둠 속에 잠입한 것 같았다. 덜 찌르는, 조금 덜 외치는 목소리. 허파 속에 웅크리는 있는 소리가 빛으로 변해 뚫고 나온다. 탐 모렐로(Tom Morello)의 기타는 크리스 코넬의 배경에 머문다. 커버 곡 「Billie Jean」이 손을 내민다. 마이클 잭슨에게는 미안하지만, 신나는 춤은 크리스 코넬의 노래에 어울리지 않는다. 그의 「Billie Jean」은 처연한 이별가이다. 크리스 코넬의 친구이자 펄 잼(Pearl Jam)의 리더 에디 베더(Eddie Vedder)가 그를 부른다. 2017년 6월 24일 라이브에서, 죽은 크리스 코넬을 추모하면서, 「Black」을 부르면서, 노래의 마지막에, "돌아오라(come back)"고 외치면서, 동시에, 삼키면서 그는 운다. 죽은 친구를 우리 눈앞에 데려온다. 눈물이 주르르 떨어진다. 개의 사원(Temple of The Dog) 시절에 둘이 함께 부른 「Hunger Strike」가 이어진다. 크리스 코넬의 장례식에서 레너드 코헨의 「Hallelujah」를 부른 사람은 린킨 파크(Linkin Park)의 보컬 체스터 베닝턴이었다.

확실한 증거는 부족하지만 체스터 베닝턴의 죽음은 크리스 코넬의 자살과 연결되는 것 같다. 그는 크리스 코넬이 죽은 그해, 크리스 코넬의 생일이었던 7월 20일에 우리 곁을 떠났다. 그 누구에게도 잘못했다고 말할 수 없다. 살아 있는 우리는 그들의 음악이 더 이상 실재할 수 없다는 사실의 돌덩어리를 만지고 있다. 고개를 든다. 밤하늘이 투명하게 물러난다. 별이 얼굴 앞에 쏟아진다. 천사가 다가온다.

가스통 바슐라르, 갓산 카나파니, 닉 케이브, 라시드 누그마노프, 마르셀 뒤샹, 미셸 우엘르베끄, 밥 딜런, 밥 말리, 백석, 블라디미르 마야코프스키, 빅또르 쪼이, 삐에르 르베르디, 아네스 자우이, 악탄 압디칼리코프, 앤디 워홀, 에밀 쿠스트리차, 장 뤼크 고다르, 조르주 페렉, 지아 장 커, 짐 자무시, 체 게바라, 칼 마르크스, 톰 웨이츠, 트리스탕 차라, 파스칼 키냐르, 페르난두 페소아, 프랑수아즈 아르디, 프랑수아 트뤼포

—박정대, 「천사가 지나간다」(『삶이라는 직업』) 전문

그들과 그들의 음악이 천사가 되어 돌아온다. 그들의 이름을 천사 명단에 등재한다. 고요히 호명하면 돌아와 노래의 등불을 밝혀 주는 천사들. 레너드 코헨, 존 웨튼, 레미 킬미스터, 크리스 코넬, 체스터 베닝턴. 그들은 떠나지 않았다. 그들의 노래를 듣는 우리가, 매일, 이곳에서 쓰러진다.

소리와 언어는 들리는 것이지 만지거나 볼 수 있는 것이 아니다. 노래가 감동을 줄 때, 그것은 대상을 1) 꿰뚫고 2) 죽인다.

—파스칼 키냐르, 『음악 혐오』

프린스
Prince

프린스, 기꺼이 팝의 왕자라고 불러도 될, 위대한 아티스트가 죽은 2016년 4월 21일. 마약성 진통제 펜타닐을 과다 복용하여, 어이없게, 세상을 떠난 프린스의 키는 무척 작았다. 조금이라도 크게 보이기 위해 굽 높은 구두를 신고, 과격한 춤과 퍼포먼스를 무대에서 선보였기에, 그는 늘 허리 통증에 시달렸다. 신체의 핸디캡은 음악에 문제될 것이 없었지만, 그는 통증 때문에, 결과적으로, 약을 끊을 수 없었고, 그 약 때문에, 찬란한 음악을 버려두고, 보랏빛 새가 되어, 푸드득, 저세상으로 날아갔다.

현실이 때로 올 수 없게 만든다? 정권이 미치지도 못하게 한다? 공포를 견디는 일? 관성적인 것? 우리가 우리를 믿을 수 없게 만든 적들의 책략? 우리에겐 자아비판의 축가? 세계의 재발견을 위해 우리는 난교 중?

한 번 더 신음하자. 애련도 좋다.

(중략)

돌아보지 말고 울자. 낑낑거리며.

1984년 프린스는 혁명에 성공했던 것일까? 퍼플 레인에 젖어 퍼블릭 에너미가 되기 위해, 현실을 깨부수기 위해, 우리는 우리끼리 스와핑 중인 거야? 적 아니면 우리야? 관장하는 일? 고난의 길? 환원되지 않는 것?

울지 마 마이클. 조금 후에 우리, 후레자식이 되자.
—장석원, 「We Die Young」(『역진화의 시작』) 부분

내가 시를 쓸 때, 프린스는 분명 살아 있었는데, 지금 그는 떠나고 없다. 돌아올 수 없다. 프린스가 밴드 '혁명(Prince And The Revolution)'을 이끌고 앨범 『Purple Rain』으로 전성기를 보내고 있을 때, 1984년의 대한민국은 군사독재와 민주주의 쟁취로 집약되는 암흑 대 빛의 투쟁에 불붙어 있었다. 밴드 이름이 '혁명'이었다. 혁명이라는 말만 들어도 가슴이 쿵쾅거릴 때였다. 그때 우리는 혁명하고 있었나? 지금 우리에게도 혁명은 필요한가? 필요하다면, 어떤 혁명인가. 미국의 흑인 가수가 팝 음악의 혁명을 일으키고 있었을 때, 대한민국의 젊은이들은 피를 흘리고 있었다. 1980년대 대한민국에서 우리는 프린스의 음악을 숨어서 몰래 들었다. 미국 음악을 듣는다고 말하면 매국노 낙인이 찍힐 때였다. 죽은 그의 목소리가 귀 안에서 소용돌이치

고 있는 지금, 그의 노래 「D·M·S·R」(Dance, Music, Sex, Romance)에 고개를 끄덕이면서 흥겨워하는 나……. 현재와 과거 사이의 간극에 빠져든다. 인용 시에 언급된 마이클은 '마이클 잭슨(Michael Jackson)'. 마이클 잭슨도 프린스도 사라졌다. 우리는 지금 어떤 생을 지나가고 있는가. 앨리스 인 체인즈(Alice In Chains)의 노래 제목처럼, 우리는 젊어서 죽는다. 아니, 지금 살아 있는 우리는, 젊은 날 죽었다.

천재는 함부로 사용할 수 없는 단어이지만, 아무나 천재이고 널린 것이 천재이지만, 프린스에게는 천재라는 말의 의미를 고스란히 부여해도 될 것이다. 그는 가수였고, 기타 연주자였고, 수많은 히트 곡을 만든 작곡자였다. 1983년 신디 로퍼(Cyndi Lauper)의 「When You Were Mine」, 1984년 샤카 칸(Chaka Khan)의 「I Feel for You」, 1984년 쉴라 이(Sheila E)의 「The Glamorous Life」, 1985년 쉬나 이스턴(Sheena Easton)의 「Sugar Walls」, 1986년 케니 로저스(Kenny Rogers)의 「You're My Love」, 1986년 뱅글즈(The Bangles)의 「Maniac Monday」, 1989년 패티 라벨(Patti LaBelle)의 「Yo Mister」, 1989년 마돈나(Madonna)의 「Love Song」, 1990년 시니어드 오코너(Sinead O'Connor)의 「Nothing Compares 2 U」, 1990년 더 타임(The Time)의 「Donald Trump—black version」, 1991년 마티카(Martika)의 「Love…Thy Will Be Done」, 1992년 셀린 디옹(Celine Dion)의 「With This Tear」, 1993년 조지 클린턴(George Clinton)의 「The Big Pump」, 2001년 노 다우트(No Doubt)의 「Waiting Room」, 2002년 알리샤 키즈(Alicia Keys)의 「How Come You Don't Call Me Anymore」 등등. 이 수많은 히트 곡 목록은 작곡자 프린스를 우리가 기억해야 할 이유를 제시해 주고도 남는다. 팝 음악의 역사에 프린스가 기록되어야 하는 증거이기도 하다.

프린스(본명이다)의 명곡 「Purple Rain」을 듣는다. 세계 3대 기타리스트 같은 명칭을 부여하여 연주자의 순위를 매기고 논거도 없이 갑론을박했던 경우를 우리는 종종 보아 왔다. 순위표에 재즈나 블루스 기타리스트는 드물었다. 하드 락과 헤비메탈 위주였다. 백인들이 가득했다. 일렉트릭 기타로 음악에 혁명을 일으킨 사람은 지미 헨드릭스(Jimi Hendrix)였다. 그는 흑인이었다. 프린스도 흑인이다. 프린스는 지미 헨드릭스 이후 최고의 기타리스트, 제대로 평가받지 못했던 뮤지션, 프린스의 기타는 락과 리듬 앤 블루스와 팝 댄스와 펑크(funk)의 잡종. 나는 제대로 평가받지 못했다는 사실에 동의한다. 팝 스타 프린스의 이미지는 그가 훌륭한 기타리스트라는 사실에 장막을 드리운다. 그의 기타는 바람이 휘젓는 빗줄기처럼 공간을 확장시킨다. 빗방울 사이로 퍼지는 보라 불빛. 청자의 몸을 휘감는 아름다운 곡선, 보라색 비. 정점에서 낙하하기 전에 정지한 롤러코스터 같은 기타의 단속(斷續)이 마음을 달군다.

프린스의 음악은 육감적이다. 앨범 『Purple Rain』의 5번 트랙 「Darling Nikki」. 도색 잡지를 보며 자위를 즐긴다는 아슬아슬한 가사. 1986년 앨범 『Parade』에 실린 노래 「Kiss」. 나는 오로지 당신의 키스만 원해, 나에게 모든 것을 맡겨요, 내 사랑은 당신의 음식이 될 건데……. 프린스의 성적인 가사를 두고 야하다, 도착적이다 같은 단어를 사용하는 것은 적당하지 않다. 대중문화에 프린스의 표현 수위를 넘어서는 것들은 많다. 프린스에게는 '19금 딱지'를 붙일 수 있지만, 그의 '음악-텍스트'의 결합체는 우리를 엑스터시로 데려간다. 마음이 흥분한다. 여성이기도 하고 남성이기도 한 목소리, 한껏 달아오른 성대로 교성을 내뱉는 도발. 프린스는 인생의 아름다운 사건인 성과 사랑의 관계 양상을 현란한 펑키 음악에 버무려 놓는다. 섹스로 치장하면 잘 팔리는 상품이 될 거야. 프린스는 이런 말을 거부한다. 그는 판매하기 위해, 돈을 벌기 위해 말초신경을 자극하지 않는다. 그의 음악과 뮤직비디오가 음란하지 않은 이유. 사랑한다면, 몸의 아름다움과 돈이라는 조건은 불필요하다고, 당신만 있으면 된다고, 머뭇거리지 말고 부끄러워하지 말고, 그냥 사랑하면 된다고, 프린스는 절박하게 때로 애절하게 노래한다. 쿵쾅거리는 비트에 맞춰 신나게 몸을 흔들고 싶다. 탐 존스와 소음의 예술(Tom Jones and Art of Noise)이 1989년에 다시 부른 「Kiss」를 듣는다. 남성성도 여성성도 존재하지 않는, 사랑의 절정, 사랑하는 두 사람이 무성(無性)의 덩어리가 되는, 그 순간의 에로스를 표현한 프린스.

1989년 팀 버튼(Tim Burton)이 만든 영화 「배트맨(Batman)」의 사운드트랙으로 실린 프린스의 싱글 「Batdance」. 잭 니콜슨(Jack Nicholson)이 연기한 조커의 음산한 웃음소리가 들린다. 프린스의 주제곡은 악당 조커를 위한 노래였을지도 모른다. 공식 뮤직비디오에서 프린스는 조커 분장을 하고 보라색 옷을 입은 조커 댄서들과 군무를 선보인다. 배트맨 옷을 걸친 다른 무희들과 조커의 광기를 춤으로 표현하는 프린스. 블루지한 기타와 펑키 비트를 혼합한 이 음악은 프린스의 내면이 지닌 양면성을 보여 주는 듯하다.

프린스는 규정할 수 없다. 프린스는 혼종이다. 프린스는 다중체이다. 프린스는 보라색에서 태어났다. '유일하다'는 단어가 그의 수식어로 마땅하다. 프린스는 이 세상에 한 명뿐이다. 불행하게 세상을 떠난 프린스의 음악은 환희를 선사한다. 그의 음악에 맞춰 춤을 춘다. 쉴라 이와 쉬나 이스턴과 함께 「U Got The Look」을 부른다. 1989년이었다. 1980년대는 분명히 (마이클 잭슨과) 프린스의 시대였다. 그의 명복을 빈다. 프린스가 보라색 비를 맞으며 저곳에서 노래를 부른다.

당신을 슬프게 하려고 하지 않았는데 절대로
당신에게 그 어떤 고통도 주려고 하지 않았는데
당신이 웃는 모습을 한 번 보고 싶었을 뿐인데 단지
보랏빛 빗속에서 당신이 웃는 모습을 보고 싶었을 뿐인데

보라색 비 보라색 비
보라색 비 보라색 비
보라색 비 보라색 비

그저 보라색 비에 흠뻑 젖은 당신이 보고 싶었을 뿐

(중략)

그대여,
내가 여기에서 무슨 노래를 부르는 줄 안다면
어서 손을 들어 줘요

보라색 빛 보라색 비

—Prince, 「Purple Rain」 부분

서던 락

southern rock

음악은 우리를 감싼다. 그렇게 우리에게 스며든다.
바다처럼 광대무변하기 때문이다.
—블라디미르 장켈레비치(Vladimir Jankélévitch)

올맨 브러더즈 밴드(Allman Brothers Band)가 다가온다. 기타가 흐느낀다. 아니다. 이들의 기타에 동사 '흐느끼다'를 사용하는 것은 적절하지 않다. 울부짖는다. '기타-토네이도'가 몰아친다.

평원을 가로질러 다가와 모든 것들을 빨아들이는 기타. 피부에 닿자마자 산(酸)처럼 파고드는, 불의 혀처럼 통증을 일으키는 잔인한 기타. 관자놀이를 통과하고 창문을 넘어가 창공에서 날개를 활짝 펴고 선회하는 '알바트로스-기타'. 난파한 선박에게 신호를 보내는 검은 밤의 등대 불빛처럼 우회를 모르고 육박하다가 화르르 타오르는 기타. 목을 움켜쥐고 호흡을 틀어막는 무뢰한의 악력 같은 기타. 시작도 끝도 없는 영원한 기타.

서던 락이라는 명칭에는 공간이 내포되어 있다. '남쪽의 락'이라고 직역하면 이해가 쉽다. 미국 남부라는 지리적 위치가 음악의 특성을 이해하는 과정에 필요하다. 서던 락 밴드들은 미국 남부 출신이라는 요소를 공유한다. 텍사스, 루이지애나, 미시시피, 카우보이, 청바지, 수염 같은 단어들을 떠올린다고 해도 틀리지 않다. 이들이 남성적이다 못해 심지어 마초적인 냄새를 풍긴다고 느껴도 또한 틀리지 않다. 극소수를 제외하고(앞에서 말한 올맨 브라더즈 밴드에는 흑인 드러머가 있다) 백인들로 구성되는 경우가 흔하고, 트리플 기타에 올갠이나 바이올린 심지어 하모니카까지 편제되기도 한다. 락을 기반으로 하여 컨트리, 블루스, 재즈, 하드 락 등등의 다른 음악 요소를 혼합하는 서던 락의 음악적 특성을 한마디로 정의하기란 어렵다.

우리가 알 만한 서던 락 밴드들. 신세대 서던 락 밴드인 The Black Crowes. 프로그레시브 장르와 교섭한 Drive-By Truckers. 여성 리드 보컬이라는 특이점을 앞세운 모던 서던 락 밴드 Alabama Shakes. 서던 락의 서사시라고 불릴 만한 히트 곡 「(Ghost) Riders in The Sky」로 유명한 Outlaws. 선글라스와 긴 수염으로 유명한 텍사스 출신의 서던 락 트리오 ZZ Top. 컨트리 음악 색채가 강하고 슬라이드 기타 연주로 알려진 The Marshall Tucker Band. 보수 우익 정치 성향을 공개적으로 표방하고, 컨트리 장르에 근접한 음악을 선보이는 The Charlie Daniels Band. 1980년대 대중적으로 크게 성공하였고 밴드 명으로 권총 모델을 사용한, 팝적인 요소가 두드러진 38 Special. 강력한 블루스와 재즈를 결합시킨 라이브 연주로 시대를 압도한 올맨 브라더즈 밴드. 우리나라에도 널리 알려진, 서던 락 최고의 명곡이라 지목되는 히트 싱글 「Free Bird」를 지닌 Lynyrd Skynyrd. 이밖에도, 서던 락의 영역을 확장하면, 1970년대를 풍미한 대중적인 밴드 CCR(Creedence Clearwater Revival)이나 Eagles도 포함될 것이다. 정치적 색채를 제거하고 남부, 백인, 블루스 같은 요소들로 범주를 단순하게 설정할 경우 Ram Jam, Kings of Leon, Blackfoot, Blues Traveler 같은 밴드들도 호명할 수 있을 듯하다.[1]

아웃로즈의 「(Ghost) Riders in The Sky」는 서던 락의 입문으로 적당하다. 서부극이 펼쳐지는 듯하다. 보컬이 전면에 나서고, 말이 달려오는 것 같은 리듬 뒤에 숨어 있던 기타가 나타난다. 날개를 펼친 천둥새(thunderbird)처럼 큰 그림자를 드리운다. 서던 락의 전형적 특성이 확인된다. 강력한 기타 사운드의 무한 질주가 기관총을 달군다. 총열이 붉어지고, 우리의 가슴도 뜨거워진다. 「Devils Road」의 하드 락에 가까운 기타가 지나가고, 긴장한 나의 품 안으로 파고드는 「Green Grass and High Tides」 라이브 클립(1978년 10월 11일, 캐피털 극장). 이 음악은 나를 오랫동안 데울 것이고, 나를 긴 피로 속으로 끌고 들어갈 것이다. 사용하기 싫어하는 단어이지만, '처절'한 기타 세 대가 쟁투를 벌인다. '운다'로는 부족하다. 절규 같은 명사는 슬픔의 강도를 쉽게 휘발시킨다. 파열 직전까지 몰고 가지만 결코 듣는 사람을 분쇄하지 않는 기타. 23분 후에 나는 너덜너덜해질 것이다, 흐물흐물해질 것이다, 해질 것이다.

지지 탑의 음악은 즐겁다. 1980년대 들어 대중적으로 인기를 끌게 되면서 초창기의 블루스 색채가 옅어지기는 하지만, 1969년도에 텍사스 휴스턴에서 결성된 50년 경력의 지지 탑이 우리를 행복하게 하는 이유는 무엇일까. 웃음을 유발하는 뮤직비디오(그들의 히트 곡 「Legs」 「Velcro Fly」 「Viva Las Vegas」 같은 싱글), 수염을 어깨 뒤로 넘기면서

---

1 대중음악 그중에서 락 음악의 경우, 명확한 장르 구별이 힘들다. 개념적 정의가 실상은 불가능하다는 뜻이다. '프로그레시브'라는 수식어는 1970년대 유럽의 아트 락에서 사용된 개념이지만 지금은 메탈 장르에 주로 사용하고, 일렉트로닉 댄스 음악에서도 수식어로 사용하여 '프로그레시브 하우스' 같은 용어가 유통 중이다. 김연자의 「아모르 파티」나 이박사의 하드 코어 「오방(O-Bang)」 같은, 테크노 뽕짝이라 불리는 음악을 프로그레시브 트롯이라고 불러도 이상하지 않을 것이다.

연주하는 모습……. 개성 강한 이 밴드의 음악은 복잡하지 않다. 밴드의 리더 빌리 기븐스(Billy Gibbons)의 기타가 주도하는 이들의 음악이 보편적인 서던 락의 특성에 팝-락 요소를 가미(신디사이저를 적극적으로 활용)하여 춤추기 좋은 서던 락으로 발전한 양상을 규범에서 일탈한 것이라고 말할 수는 없다. 1975년 앨범 『Fandango』에 실려 있는 「Blue Jean Blues」는 그들이 블루스에 뿌리를 내리고 있는 서던 락 밴드임을 여실히 증명해 준다. 초기에 상업적으로 실패하고 대중적인 인지도가 지극히 낮을 수밖에 없었던 이유는 컨트리 음악이 아니라 전통적인 블루스 사운드를 토대로 서던 락을 추구했기 때문이 아닐까. 베이스 연주자 더스티 힐(Dusty Hill)이 노래하는 「Tush」가 끝나고 있다.

1964년 플로리다의 잭슨빌(Jacksonville)에서 결성되어 1973년 첫 앨범 『Pronounced 'Lĕh-'nérd 'Skin-'nérd』를 내고 단번에 서던 락의 정상에 오른 레너드 스키너드. 1977년 비행기 사고로 리드 보컬 로니 밴 잰트(Ronnie Van Zant)가 사망하여 허무하게 음악의 날개를 접은 레너드 스키너드.(1987년에 재결성하여 지금까지 활동하고 있다.) 「Tuesday's Gone」의 피아노와 기타 협주를 통과한다. 남군(南軍)의 깃발을 내세우고 백인 냄새 짙은 음악을 펼쳐 놓지만, 이들의 음악이 지니고 있는 힘과 서정성은 우리를 아련한 그리움으로 데려간다. 「Simple Man」을 비 내리는 한라산 관통 도로를 지나면서 들은 적이 있다. 일행 모두 이야기를 그치고 노래에 심취했다. 머리가 하얀, 모임의 최고 연장자이던 박찬 시인이, 담배를 피워 물더니 말했다. 참 슬프다, 슬퍼. 감정을 전복하는 아름다움이 빗방울에 젖고 있었다. 때로 시적인 순간은, 황홀한 아름다움은, 순식간에 다가와서 몸과 마음을 깊게 찌른 후, 도마뱀처럼 달아나 버린다. '아들아, 걱정하지 말고, 네 마음을 따라가 보렴. 너는 할 수 있어. 노력하면 될 거야. 선하게 살아라. 네가 바라는 것을 이룰 거야. 저 높은 하늘의 신이 널 지켜 주실 거야, 아들아.' 어머니가 아들에게 전해 주는 따스한 말씀 사이에서 번뜩이는 기타 선율. 서던 락의 서사시 중 하나인 명곡, 「Free Bird」의 기타가 폭발하려고 한다. 전율, 전율, 다시 전율. 사랑하는 여인 곁을 새처럼 떠나가야 하는 남자의 아픈 마음이 기타의 몸짓, 온몸의 날갯짓으로 표현된 듯하다. 비상한다. 5분이 넘는 기타 솔로가 시작되었다. 이 빛나는 후주를 언어는 번역해 낼 수가 없다. 시가 무기력해질 때이다.

「Free Bird」에 버금가는 서던 락 서사시가 남아 있다. 올맨 브라더즈 밴드의 라이브 앨범 『At Fillmore East』를 꺼낸다(1971년 3월 12-13 양일 간 뉴욕 필모어 이스트에서 공연됨). 블루스, 재즈, 컨트리 음악이 혼합된 그들의 음악. 그들은 자신들의 음악을 남부 프로그레시브 락이라고 인식한다. 이들의 음악을 서던 락의 정상이라고 말해도 틀리지 않을 것이다. 「In Memory of Elizabeth Reed」, 13분. 연주곡이 시작되었다. 기타와 올갠이 나란히 움직인다. 우리는 기타의 바다에 부유한다. 기타 선율의 파도에 올라탄다. 기타의 바람이 돛을 부풀린다. 전진한다. 「Whipping Post」, 23분. 그들의 말이 맞다. 이 음악은 프로그레시브이다. 하드 코어 재즈(hard core jazz)이다. 듀언 올맨(Duane Allman, 1971년에 사망한다)과 디키 베츠(Dickey Betts)의 기타, 그렉 올맨(Gregg Allman, 2017년에 죽었다)의 올갠과 보컬 그리고 두 대의 드럼이 끓기 시작한다. 넘치면서 용암이 된다. 어떻게 이 시대에 이런 음악이, 아니 그 모든 음악이 존재할 수 있었던 것일까. 기타의 폭풍이 다가온다. 이것은 기타의 쓰나미이다. 이곳에는 오로지 기타, 기타 그리고 기타뿐이다.

시가 할 수 있는 것은, 지금, 아무것도 없다. 아름다움은 영원히 끝나지 않을 것이다.

음악이 없다면 우리 가운데 어떤 이들은 죽을 것이다.
— 파스칼 키냐르, 『부테스』

스틱스

Styx

영화배우 애덤 샌들러(Adam Sandler)가 스틱스를 무척 좋아한다는 사실이 우리나라에는 널리 알려지지 않았다. 그에 의해 스틱스의 노래 중에서, 영화 「올드 스쿨(Old school)」에는 「Lady」가, 「빅 대디(Big Daddy)」에는 「Come Sail Away」가, 「오스틴 파워즈(Austin Powers)」에는 「Mr. Roboto」가,[1] 「홀 패스(Hall Pass)」에는 「Best of Times」가, 「빌리 매디슨(Billy Madison)」에는 「Renegade」가 사운드트랙으로 쓰였다.

그리스 신화의 '이승과 저승 사이에 흐르는 강' 스틱스.[2] 실력보다 덜 평가받았다고 알려진, 1972년에 시카고(Chicago)에서 데뷔한 밴

---

1 이 노래는 가사 일부에 "도모 아리가토 미스터 로보토"라는 일본어가 사용되어 1980년대 우리나라에서 금지곡이었다.

2 스틱스를 넘어가면 죽음의 땅. '스틱스'를 밴드 이름으로 사용한 이유. 우리의 예술이 음악의 최후 경계선을 이룰 것이다. 우리는 생사의 경계를 이루는 강을 등에 지고 최선을 다해 최고의 음악을 창조할 것이다. '스틱스'라는 작명에 숨어 있는 뜻이 이렇지 않을까.

드.[3] 우리나라에서 히트한 싱글 곡이 있지만, 이외의 노래들은 널리 알려지지 않았다.

디제이 김기덕의 프로그램(아마도 「2시의 데이트」이리라)에서 스틱스의 리더이자 보컬리스트 데니스 드 영(Dennis De Young)의 솔로 곡 「Desert Moon」을 청취했다. 김기덕 '아저씨'가 말했다. 은쟁반에 옥구슬 굴러가는 목소리라고. 맞는 말이다. 전적으로 동의할 수밖에. 데니스 드 영의 목소리를 표현하는 형용사로 '낭랑하다' 말고 무엇이 있을까. 스틱스의 히트 곡 「Boat on The River」를 클릭했다. 어쿠스틱 발라드. 아코디언의 애수에 젖은 선율, 방랑하는 바람을 연상시키는 맑은 만돌린, 퉁퉁 배음을 전진시키는 더블베이스. 이 회감(回感, Erinnerung)은 무엇일까. 서정은 어디서 발현되는가. 흘러간 저 물결 위에서?

강에 떠 있는 그 배로
나를 돌아가게 해 줘요
나는 가야 해요 따라가야 해요
강 위의 그 배로 다시 돌아간다면
더 이상 울지 않을 것입니다

강물을 응시할 때마다
시간은 그때 그대로인데
그 물결 나의 배를 스쳐 가요

---

3 스틱스의 뮤직비디오 「Babe」에서 시카고 연고 메이저리그 팀 컵스(Cubs)의 유니폼을 입고 노래하는 보컬리스트의 모습을 볼 수 있다.

그 물결 나를 부드럽게 어루만져요
나는 더 이상 울지 않을 것입니다

아 강은 넓고
강이 모래 위의 파도처럼 내 삶을 만져 줘요
모든 길은 고요 속으로 날 데려가고
그 안에서 내 얼굴에 새겨진 근심은 사라집니다

아 강은 깊고 깊어서
모래 위의 파도처럼 내 인생을 쓰다듬어요
나를 그 배에 태워 주세요
당신과 함께
강물 따라 물아래로 흘러가겠습니다
—Styx, 「Boat on The River」 부분

　그날의 그곳으로 돌아가고 싶어 하는 화자의 염원이 표현된 가사를 읽는다. 흘러간 시간은 돌이킬 수 없다. 화자의 마음속에서만 시간은 그대로이다. 강물이 흉중에 고여 있다. 돌아갈 수 없다는 사실을 잘 알고 있다. 그러나 어느 날인가 돌아갈 수 있다고 믿는다. 이 모순 상황을 표현한다. 저승으로 가기 위해 건너야 하는 강물 앞에서, 리드 기타리스트 타미 쇼(Tommy Shaw)가 애절하게 노래한다. 가사는 노래로 불릴 때, 시가 된다. 마음의 목소리와 아코디언 선율이 합쳐진다. 심금(心琴)이다. 악기와 사람의 말(가사라는 텍스트)이 어울려 「Boat on The River」는 '노래-시'가 된다. 음악만으로는, 가사만으로는, 두 요소가 분리되어서는 시적인 노래가 될 수 없다. 텍스트

와 노래가 결합되어야만 시의 영역으로 들어갈 수 있다. '노래-시'
속에서 청자는 감정의 파도에 휩쓸린다. 지나간 사랑의 물결에 온몸
을 맡긴다. 노래 속에서, 가사의 맨 끝에 드러나듯이, 떠나간 '당신'
을 겨우 만난다. 실체로 존재하는 현재의 노래가 없다면, '당신'도 돌
아올 수 없다. 우리는 노래 속에서 모든 상실을 망각한다. 노래를 듣
는 순간, 아름다웠던 시절이 재현된다. 가사가 노래와 하나가 될 때,
시적인 순간이 현현한다.(이에 비해, 시는 순수한 문자 예술이다. 시는 읽는 텍
스트이지 부르는 대상이 아니다.)

오래된 엘피를 턴테이블에 올린다. 기타가 느리게 유영한다.
「Suite Madam Blue」가 열린다. 데니스 드 영의 목소리는 지근거리
에서 공명한다. 드럼이 걸어온다. 다른 목소리들이 합류한다. 화음
뒤로 기타가 상승하기 시작한다. 앨범 『Equinox』에 실린 이 노래는
중반부까지 평탄하게 진행된다. 키보드는 느리게 다가와서는 점 점
점 상승한다. 기타가 달리기 시작한다. 두 대의 기타가 심장박동을
타고 협연한다. 노래는 고음에서 활강하는 중이다. 기타가 재차 날
개를 펼치고, 건반은 넓은 면적으로 확장하고, 드럼은 의장대처럼
행진한다. 노래의 끝으로 인도된 나는 뒤돌아보지만, 지나온 시간을
가늠하지 못한다. 시간이 조각난다. 사라진 시간을 바라본다. 노래
와 시간이 분리되지 않는 행복이 지속되고 있다.

음악 속에서 내가 무엇을 할 수 있겠는가. "나를 울게 만드는 당
신의 사진을 보면서 내가 무엇을 할 수 있겠어요." 「Don't Let It End」
의 도입부를 채우는 키보드. 목소리의 질량을 잴 수 있다면……. 이
상하게도 이 목소리에는 밝은 어둠이 서려 있다. 심벌이 움직이고
베이스 드럼이 고릴라처럼 가슴을 두드린다. 짧게 분절되는 기타와
커튼처럼 펄럭이는 건반 선율 속에서, '나를 떠나지 말아요, 제발 끝

내지 말아 줘요', 애원하는 남자의 목소리. 기타 솔로가 매끄럽게 흘러내린다. 가수는 노래한다. 당신이 떠나면, 내 고통은 영원히 끝나지 않을 거예요. 제발, 제발, 떠나지 마요. 노래가 끝에 도달했다. 사랑을 갈구하는 한 남자의 가성이 들려온다. 그 사람은 기어이 떠난 것이다. 사랑을 잃은 한 사람의 비명이라고 여겨도 좋을 듯하다.

스틱스는 어렵지 않다. '팝 락(pop rock)'이라는 용어가 그들의 음악을 이해하는 데 유용할지도 모른다. 스틱스의 음악은 귀에 감기는 선율과 다양한 리듬을 지니고 있다. 팝에서 하드 락을 거쳐 프로그레시브 락까지 아우르는 이들의 음악적 지형도를 개관하는 일의 어려움에 상응하는 듣기의 즐거움. 이것은 향락이다. 타미 쇼가 보컬리스트인 「Crystal Ball」의 간주. 키보드가 강물에 어른거린다. 강에 떠 있는 보트 위에서 지나간 사랑을 회억(回憶)한다. 물결의 주름이 눈부시다. 물은 흘러가서 사라졌지만, 사랑은 물 위에 남아 노래로 맴돈다. 우리는 아직 스틱스를 건너지 않았다. 강을 넘어서면, 우리는 음악이 없는 검은 저승에 당도하게 될 것이다. 음악이 파고든다. "강에 떠 있는 그 배로 나를 돌아가게 해 줘요." 음악의 강(스틱스)을 거슬러 오른다. 아름답고 격정적인 파워 발라드 「A Criminal Mind」가 나를 기다린다.

블루스 트래블러
Blues Traveler

하모니카! 블루스 트래블러를 집약하는 한 단어. 경이롭다. 이들
의 음악을 접하는 순간, 무의식적으로 나오는 말. 하모니카를 이렇
게 연주할 수 있다니. 하모니카가 이렇게 아름답다니. 리 오스카(Lee
Oskar)나 전제덕 같은 연주자들, 밥 딜런이나 김광석 같은 가수들 덕
분에 하모니카가 주도적인 악기로 활용될 수 있다는 예증은 충분하
다. 심지어 하드 락 밴드 그랜드 펑크 레일로드(Grand Funk Railroad)
도 하모니카를 사용한다. 파워 하모니카, 괴물 하모니카 같은 말이
과장이 아니다. 블루스 트래블러의 하모니카는 강렬도 면에서 폭탄
같다고 말할 수 있다. 하모니카 락이라니…….

리드 보컬이며 하모니카 연주자이자 작곡가인 존 포퍼(John
Popper)가 블루스 트래블러의 핵심이다. 그가 친구들과 협연하는 음
악의 장르를 우리는 블루스 락(blues rock), 포크 락(folk rock), 서던 락
(southern rock), 사이키델릭 락(psychedelic rock) 등등으로 부를 수 있
겠지만, 장르 명칭은 음악 앞에서 중요하지 않다. 그들의 음악은 독

창적이다. 힘이 넘치고, 흥겨움과 슬픔 사이에서 요동한다. 빼어난 연주 실력을 바탕으로 라이브 무대에서 독보적인 역량을 드러낸다. 하모니카가 주도하지만, 기타와 베이스의 조화 또한 예사롭지 않다. 한 곡 한 곡을 면전에서 듣다가 거리를 두고 조망하면, 그들의 단독성(單獨性)을 확인할 수 있다. 한번 들어 본 사람이면, 어느 날 어느 곳에서 이들의 음악을 듣게 된다면, 하모니카 소리를 듣고 블루스 트래블러와 함께 여행하고 있다는 사실을 쉽게 깨달을 것이다.

「Optimistic Thought」를 듣는다. 하모니카 연주 뒤에서 리듬을 세분하는 베이스 소리가 굵은 테두리를 그려 낸다. 하모니카는 빠르게 빠르게 습곡을 만들어 낸다. 입술 사이에서 퍼져 나오는 색색의 음표를 그 작은 악기가, 스프링클러처럼, 뿜어 올리는 것 같다. 마법사의 하모니카는 끊어지지 않는다. 음과 음의 분절이 사라진다. 흐르는 물이다. 하늘로 솟구치는 분수이다. 들숨 날숨 전부 하모니카 소리로 바뀐다. 신난다. 춤을 춘다. 음악이 나를 춤으로 변형시킨다. 이 순간만은 근심이 없다. 해방되었다. 그래서 행복하다. 이것은 평정도 아니고, 격정도 아니다. 나와 음악은, 나와 당신은 단 한 번도 이별하지 않았다. 나와 음악은 한 몸으로 전진한다. 「But Anyway」가 이어진다. 하모니카와 기타의 쟁투. 악기들의 잼(jam) 대결이 시작되었다. 재즈로 이동했다가 돌아온다. 하모니카의 재등장. 치열하다는 단어가 어울린다. 아니 이것은 신들림이다. 하모니카 선율에 묶인 노예가 된 듯하다. 이들의 음악 앞에 서 있을 때마다 연쇄되는 기표들이 어른거린다. 언어가 이러하다면…….

교련은 일주일에 두 시간씩 있었다 우리는 플라스틱 총으로 제식훈련도 하고 앞엣총 우로어깻총 좌로어깻총 세웟총 차렷총 쉬엇총 총검

술도 배웠다 찔러 길게찔러 때려비켜우로찔러 비켜우로베고찔러 돌려
쳐 막고돌려차 우리 반에는 방위를 제대하고 뒤늦게 진학한 동천이 형
이 있었다 숙달된 조교였다 숙달된 조교는 시범만 보이면 땡이었다 동
천이 형은 이가 고르지 않아 웃으면 무척 촌스러웠는데 그 형이 있어
서 우리 반은 선배들이 함부로 하지 못했다 교련 선생님은 두 분이었
다 한 분은 한국전 때 대구까지 피난 갔다 덩치가 커서 열여섯 어린 나
이에 군대에 끌려갔다 대위까지 진급하신 역전의 용사 또 한 분도 육
군보병학교 출신으로 베트남전에 참전하신 역전의 용사 두 분 다 하루
에 몇 번씩 전투화를 신었다 벗었다 하는 것이 얼마나 고역인 줄 아느
냐고 투덜투덜

　　　　—박순원,「컬러 TV 시대가 열렸는데」(『에르고스테롤』) 부분

　총총총, 총총총…… 총이 떠다닌다. 문자 '총'이, 소리 '총'이 행진
하다가 실제로 총이 생긴 것 같다. 교련복으로 환복한다. 교련 선생
님에게 개기다가 운동장에 머리를 박았다. 분이 안 풀렸는지, 그는
우리에게 김밥이 되라고 명령했다.('김밥말이'는 음식의 이름이 아니다!) 우
리는 흙으로 이불을 덮었다. 흐흐흐. 박순원 시의 리듬은 존 포퍼의
하모니카 연주처럼 연속된다. 박순원의 작품은 언어 연속체 안에 세
계를 담아내는 산문시의 한 예이다. 스웩(swag)에 '쩔어' 붙은 랩이
아니다. 컬러 티브이 시대에도 교련은 계속되었다. 군부독재 시절이
었다. 교련은 남학생들이 좋아했던 과목. '성문'이나 '정석'보다 제식
과 총검술이 더 재미있었기 때문이다. 신체를 움직이는 수업이었기
때문이다. 그때 우리는 겨우 이몽룡의 나이를 지나고 있었다. 구르
는 잎새만 봐도 꺄르르 웃음을 터뜨리던 여학생이 아니라, 여자라는
말만 들어도 몸이 불끈거리던 남자 고등학교 학생이었다.

존 포퍼의 하모니카는 응축된 관악기이다. 그의 하모니카는 압축된 키보드이다. 그의 하모니카 소리를 듣는데 올갠이 보이고 색소폰이 번쩍인다. 아코디언이 춤추는 것 같다. 그의 하모니카가 빚어내는 유려한 율동은 분절되지 않는 시간을 인지하게 한다. 시간은 시작도 끝도 없는, 끊어질 수 없는 흐름이다. 인간은 필요한 단위로 시간을 분할하여 인식의 대상으로 삼지만, 인간이 시간에 표식을 남긴다 해서 시간이 실제로 단속(斷續)되지는 않는다. 1억 분의 1초와 1억 광년의 차이를 우리는 감각으로 파악할 수 없다. 우리는 음악이 존재하는 현재만을 경험한다. 음악은 언제나 '지금' 실재한다.

「Mountain Cry」에서 하모니카는 절규한다. 웅장한 산이 보이고, 계곡과 계곡 사이를 건너온 바람을 만진다. 흰 구름과 나무 그늘의 대비. 서늘하다. 아름다운 그녀를 만났던 이 산에서 사랑하는 사람을 또 잃었습니다. 나는 울 수 없어요. 산이 크게 흐느낍니다. 산의 어깨가 들썩입니다. 나는 떠나간 사랑을 찾아 산을 헤맸는데……. 악기와 가수는 함께 젖는다. 쉽게 마르지 않을 것이다. 이 밴드의 음악을 여러 가지 명사로 지칭할 수 있지만, 밴드 이름에 들어 있듯이, 블루스가 이들의 혈액형임을 확인할 수 있다. 하모니카가 다른 악기를 거느린다. 하모니카 소리가 오장을 쏟아 낼 듯한 통곡을 닮았다.

산산이 부서진 이름이여!
허공중에 헤어진 이름이여!
불러도 주인 없는 이름이여!
부르다가 내가 죽을 이름이여!

—김소월, 「초혼」 부분

파열 후, 산록을 넘고 넘는, 흩뿌려져 산의 내부로 빨려 드는 하모니카. 그 끝에서 나를 맞이하는 편경의 맑은 파동. 침묵의 도래.

돌의 소리는
돌의 결 따라 켜켜이 맺혀

돌비늘을 하나 떼어
허공에 매달면
각시처럼 수줍게
바람을 부비며 속삭이고
　―황봉구, 「편경(編磬)」(『생선 가게를 주제로 한 두 개의 변주』) 부분

편경도 직육면체이고, 하모니카도 그렇다. 학창 시절에 시인 장우덕은 하모니카를 짓다 만 빌딩 같다고 말했다. 황순원도 동시 「빌딩」에서 "하모니카/불고 싶다"고 썼다. 바람이 통과하는 빌딩. 바람을 내뿜는 작은 직육면체. 사람의 숨을 음악으로 바꾸는 이 금속 신체에는, 날숨 들숨이 드나드는 구멍이 많다. 생명의 호흡이 음악으로 탄생한다. 이 악기는 멈추지 않는다. 생명처럼 끊김을 모른다. 허공의 바람을 빨아들여 "돌의 결"에 묻어 두었다가 두드릴 때마다 돌멩이 편경은 새싹처럼 파동을 틔워 낸다. 하모니카는 바람을 붙잡고 음악이 되라고 말한다. 날숨이 하모니카를 지나자 음악으로 변양(變樣)된다. 음악이 사람의 안과 밖을 드나든다. 음악과 숨이 하나가 된다. 연결되는, 연속되는, 합체되는 하모니카가 뜨거워진다.

「Carolina Blues」가 다가온다. 기타가 주도한다. 나는 기타 위에서 놀고 있다. 하모니카가 기타로 전이(transition)되는 순간이 기대된다.

기타인지 하모니카인지 구분이 되지 않는다. 기타인 줄 알았는데 하모니카였다. 숨어 있던 기타가 모습을 드러내고서야 그것이 하모니카인지 알 수 있었다. 분리되지 않는다. 간단(間斷)이 없다. 블루스 트래블러의 음악은 이것과 저것과 그것의 구분을 허용하지 않는다. 온몸을 한꺼번에 출렁이게 한다. 하모니카와 베이스와 기타가 '동시에' 아름다움을 뿜어낸다. 일체(一體)이다.

징기스칸

Dschinghis Kahn

가수 조경수는 몰라도 배우 조승우는 많은 사람들이 아는 것 같다. 둘이 부자지간이라는 사실. 검색어 순위에 오르지 않는 이상 알려지기 힘든 내용이다. 조경수가 유명 가수가 된 이유, 노래 「Dschinghis Kahn」 때문이다.[1] 그 시절, 요즘 말로 '중딩'들도 따라 불렀던 노래. 영어 가사에 춤까지 곁들여 합창했던 노래들. 마이클 잭슨(Michael Jackson)의 「Billie Jean」, 서바이버(Survivor)의 「Eye of The Tiger」, 웸(The Wham)의 「Last Christmas」……. 「징기스칸」도 취한 듯 합창했다. 후, 하, 후, 하, 징- 징- 징- 기스칸……. 그들의 히트 곡 제목이다. 「Moskau」 「Rom」 「Pablo Picasso」 「Machu Picchu」 「Mata Hari」 「Loreley」 「Hadschi Halef Omar」 「Pistolero」 등등.

1979년에 데뷔한 독일의 혼성 보컬 그룹 징기스칸의 음악은 신난다. 재미있다. 이들의 노래는 듣는 것도 좋지만 보는 것이 훨씬 즐겁

---

1 번안곡이다. 조경수는 빌리지 피플(Villiage People)의 「YMCA」도 불렀다.

다. 간단한 동작을 반복하면서 노래를 부르는 이들의 퍼포먼스를 시청한다. 몸을 움직이지 않을 수 없다. '마약 노래'라고 부르는 사람들도 많은데, 단순하지만 묘한 매력을 뿜, 뿜, 뿜어내는 이들의 노래에 빠져들 수밖에 없었기 때문에 그렇게 말했을 것이리라. 대중적이라는 평가가 딱 맞다. 후렴구가 들려온다. 두 주먹 쥐고 팔을 아래로 한 번씩 내지른다. "징, 징, 징" 소리마다 왼쪽으로 왼팔을 쭉, 오른쪽으로 오른팔을 쭉, 쭉, 뻗는다. 좌우로 한 번씩 다리에 힘을 주면서 출렁출렁 움직인다. 아이돌 그룹의 기예에 가까운 춤이 아니어서 더 좋다. 흥겨움의 전염병이여, 창궐하라! '댄스 뮤직'이다. 디스코 팝(disco pop)이 이것이다. 2011년 모스크바에서 열린 'Discoteka 80' 라이브 무대를 본다. 징기스칸이 무대에 등장한다. 체육관 디스코텍에 운집한 청중은 환하다. 음악에 몸을 맡기고 팔랑거린다. 아이들이 쪼르륵 방으로 들어온다. 와, 와, 징기스칸이다. 후, 하, 후, 하, 워 호호호, 아 하하하. 나도 일어나 아이들과 왼쪽 상방으로, 반대쪽으로 번갈아 팔을 편다. 우리는 춤추며 깔깔거리며 웃음 풍선을 타고 하늘로 날아간다.

> 그들은 초원의 바람을 타고 다투어 말을 달렸다, 천 명의 군사들
> 한 사람이 선두에서 말을 달리고, 모든 이들이 맹목적으로 그를 따
> 랐다, 징기스칸
> 모래 먼지 피워 올리는 말발굽
> 그는 전 세계 모든 땅에 공포와 두려움을 전했다
> 천둥도 번개도 그를 막지 못했다
> —Dschinghis Kahn, 「Dschinghis Kahn」 부분

징기스칸의 노래 주제의 특징. 이들은 역사적 사건, 영웅, 지명을 가사의 소재로 즐겨 사용했다.[2] 유라시아 대륙을 정복한 몽골의 징기스칸을 찬양하는 가사. 뒷부분에 하룻밤에 아이를 일곱 명 갖게 했다는 내용은 우스꽝스럽기도 하지만, 이들의 노래는 신나는 리듬과 중독성 뚜렷한 후렴을 매끄럽게 버무린다. 심각하지 않다. 어둠이 없다. 서정적 가사가 격식을 높이고, 아름다운 선율에 훌륭한 연주가 뒷받침되어야 품위 있는 음악이 된다는 편견을 징기스칸의 음악은 거부한다. 세월이 그들의 음악에 디스코 시대의 아우라를 얹어주었다. 일견 구닥다리처럼 느낄 수도 있지만, 강력한 흡입력을 발산하는 이들의 시청각 복합 엔터테인먼트 작품은 인터넷 시대의 초고속 네트워크를 타고 전 세계적으로 새롭게 소개되면서, 다양한 패러디 영상으로 전이되는 중이다. 당대의 유명세에 못지않은 인기를 구가 중인 징기스칸의 작품이 대중음악의 고전이 되었다고 해도 틀린 말은 아니다. 대중성을 바탕으로 징기스칸의 팝 음악은 우리를 어우러짐으로 인도한다.

어떤 사람들은 징기스칸의 오리엔탈 키치(oriental kitsch) 냄새 짙은 음악을 안 좋아한다. 좋아하지 않는 것은 기호 문제이다. 좋아하지 않는 취향을 다른 사람들을 향한 혐오로 표현하는 사람들이 있다. 음악의 높낮이를 구별하고, 등급을 매기고, 대중음악을 질이 낮다고 공격하는 사람을 경험한 적이 있다. 대학원에 다닐 때, 현대소설을 전공하는 교수와 회식을 갖게 되었다. 호프집에서 맥주를 마시며

---

2 헝가리 출신의 징기스칸 멤버 레슬리 만도키(Leslie Mandoki)와 같은 나라 밴드 뉴튼 패밀리(Newton Family)의 리드 보컬 에바 선(Eva Sun)이 듀엣으로 부른 「Korea」란 노래도 있다.

즐겁게 대화를 나누고 있었다. 어떤 학생이 자신의 시디(CD)를 주인에게 틀어 달라고 건넸다. 뉴 트롤즈(New Trolls)의 앨범 『Concerto Grosso per 1』이었다. 히트 곡 「Adagio」와 「Cadenza-andante con moto」가 넓은 홀을 메웠다. 우리는 클래식과 락을 혼합한 아트 락의 찬란한 현악에 젖어 들었다. 그분이 갑자기 소리쳤다. 누구야? 이런 거 틀어 달라고 한 놈 누구야? 우리는 깜짝 놀라 바라봤다. 누가 이런 싸구려를…… 클래식을 오염시키는 거 난 못 견뎌, 당장 꺼, 당장! 이런 천박한 음악을 내가 들어야 해? 봉변이었다. 그가 뉴 트롤즈의 가사가 셰익스피어의 작품에서 따왔다는 사실을 알았다면 문학의 타락이라고 울부짖었을 것이다. 지금이야 코웃음으로 응대할 수 있지만, 그때는 한마디도 못했다. 교수의 음악 '갑질'이었다. 졸지에 뉴 트롤즈는 한국 지하 술집에서 클래식 음악을 더럽힌 쓰레기 밴드가 되고 말았다. 그에게 징기스칸을 들려줬다면 어떻게 되었을까. 체면 때문에 술상을 뒤엎지는 않았을 것이고, 아마 조용히 자리를 피하지 않았을까. 서양 고전음악만이 위대하다고 착각하는 사람들, 그 좁은 우물에 틀어박혀 권위의 폭력을 행사하는 사람들. '클래식'이라고 부르는 음악, 그것도 그 시대의 대중음악이었다. 귀족 부인들도 '모차르트 오빠' 보러 몰려다니며 공연장에서 괴성을 지르다 실신했을 것이다. 난 징기스칸의 「Hadschi Halef Omar」에 맞춰 춤이나 추련다.

한 동안 '하치-'를 보면서 아이들과 체조 같은 춤으로 부족한 운동량을 채웠다. 시계 반대 방향으로 한 바퀴 돌고, 오른팔은 오른쪽으로 왼발은 왼쪽으로, (나와라, 가제트 팔!) 두 손을 사다리 올라가듯 번갈아 휘젓고……. 유튜브의 여러 클립 중에서 우리는 리믹스 버전을 좋아했다. 보면서 다리를 떨면서 박자를 맞추고 있다. 멤버

중 세 명이 세상을 떠났고, 한 사람은 활동을 중지했고, 두 여성 싱어만 지금도 젊은 댄서들과 활동하고 있다. 이 경쾌한 음악을 들으면서 잠시나마 무념을 드나들며 치유받는다. 고마울 따름이다.

「Pablo Picasso」가 찾아왔다. 피카소, 당신의 그림 속에 당신은 살아 있어요. 피카소, 당신은 우리 시대의 거울. 당신의 영혼이 남겨 놓은 빛깔이 영롱해요. 부박한 세상의 편견을 당신은 무시해도 좋아요. 피카소, 오로지 그림만 그리고 싶어 했던 당신은 우리의 사랑과 믿음 속에서 불멸해요. 파블로 피카소, 예술은 당신의 것. 밤하늘의 별들 중에 당신이 있답니다. 세련된 유로댄스 팝이다. 신디사이저가 쿵짝쿵짝 놀고, 네 명의 남자 보컬과 두 명의 여자 보컬이 노래를 나누어 부르다가 화음으로 결합한다.

이번엔 안데스로 이동한다. 「Machu Picchu」에 오른다. 혼성 보컬이 안데스의 청량한 바람처럼 휘몰아친다. 다른 것은 모르겠고, 그냥, "마추픽추"를 따라 부른다. 활강하는 콘도르가 보이는 것 같다. 나도 모르는 사이에 고개를 끄덕인다. 아, 아, 아- 마추픽추 마추픽추. 주문이 따로 없다. 노래가 끝나는데, 얼굴에 미소가 번진다. 우리를 행복하게 하는 음악이 있다. 삶의 곡절을 껴안고 우리를 감정의 심연으로 데려가는 음악이 추억의 청사초롱 들고 찾아온다. 멕시코로 가 보자. 「Pistolero」이다. 플라멩고 기타! 독일어 가사는 입에 붙지 않는데, "피스톨레로" 후렴구를 흥얼거리면서, 판쵸를 입고 선인장 옆에서 춤을 춘다. 징기스칸과 세계 여행을 떠난다. 이스라엘(「Israel」)로, 시에라네바다(「Sierra Nevada」)로, 중국(「China Boy」)으로, 일본(「Samurai」)으로, 사하라(「Sahara」)로, 히말라야(「Himalaja」)로, "가즈아!"

사랑을 돌아보게 하는 우리 음악

봄: 사랑의 시작

신중현의 뮤즈로 알려진 김추자. 한 명의 여신이 더 있다. 김정미. 영국의 영화감독 리처드 아요아데(Richard Ayoade)가 2013년에 만든 영화 「더블: 달콤한 악몽(The Double)」[1]의 엔딩곡으로 김정미의 「햇님」이 사용되었다는 사실에 깜짝 놀란다.[2] 1977년생 영국 영화감독이 우리가 모르는 김정미를 어떻게 알았을까? 김정미를 4년 전에 시인 전호석이 소개해서 알게 되었다. 김정미의 1973년 앨범 첫 곡이 「햇님」이다.

김정미의 노래는 몽환적이다. 바삭거리는 듯한 그녀의 가볍고 얇고 부드러운 목소리. 그 끝을 강하게 잡아채는 비음을 두고 '사이키

---

1 도스토예프스키의 『분신』을 각색한 영화로 제시 아이젠버그(Jesse Eisenberg)가 주연을 맡았다.

2 2018년 우민호 감독의 영화 「마약왕」의 엔딩곡으로 김정미의 「바람」이 사용되었다.

델릭(psychedelic)'하다고 말해도 좋다. "보이지 않는 바람"(「바람」)처럼 다가오는 기타는 그녀 뒤에 숨어 있다. 목소리 하나만으로 사람을 행복하게 하고, 감동에 젖게 하고, 아름다움에 도달하게 한다는 것. 참으로 멋진 일이다. "어데로 가고 싶나, 저 멀리 기차를 타고 갈까, 저 멀리 버스를 타고 갈까, 불어라 봄바람아, 바람 따라 가고 싶네."(「불어라 봄바람」) 그녀는 봄바람이다. 꽃빛을 머금은 따스한 훈풍이 뺨을 만지는 느낌이다. 우리는 꽃그늘에 앉아 향기에 취한다. 꽃분홍 스카프가 바람에 휘감긴다. 바람이 잡아당기는 그녀의 머리카락. 꽃비가 쏟아진다. 봄이 절정에 다다른다. 그녀가 불러 주는 노래의 음 하나하나마다 꽃이 핀다. 꽃잎 하나하나가 음표 같다. 꽃 수류탄이 터진다. 만발(滿發)이다. 꽃대궐 속이다. "나도 몰래 붉어진 내 얼굴"(「나도 몰래」)로, "나도 몰래 약해진 마음"으로 김정미라는 환한 빛을 끌어당긴다. "그 얼마나 아름다운가, 봄 봄 봄 봄이야."(「봄」)

김정미. 이 풍요롭고 아름다운 음악을 나는 재즈라고 생각한다. 휘발한 봄 뒤에 남는 상실과 허무는 어찌할까. 봄의 나비처럼, 팔랑, 햇빛 속으로 날아가는 목소리. 봄꽃처럼 스러져 버리는 목소리. 봄날 들녘을 가로지르는 아지랑이처럼 그녀는 아스라하다. 춘몽(春夢)이다. 봄 햇빛 가득한 낮에 시작되어 눈 내리는 겨울밤에 당도하는 그녀. 이상하게도 고독한 자의 음성을 닮았다. 저항할 수 없다. 폭파해 버린 봄의 사랑을 지나왔다. "한없이 스며드는"(「고독한 마음」) 김정미의 노래가 나를 어루만진다. 사랑의 죽음을 선고한다.

여름: 사랑의 열기

대학생 밴드 마그마. 우리에게는 마그마보다 리드 싱어 조하문이 익숙하다. 그가 솔로로 발표한 히트 곡 때문이다.[3] 마그마의 노래

「해야」는 조하문이 다녔던 대학의 응원가로 유명하다.

> 해야 솟아라, 해야 솟아라, 말갛게 씻은 얼굴 고운 해야 솟아라. 산
> 너머 산 너머서 어둠을 살라 먹고, 산 너머서 밤새도록 어둠을 살라 먹
> 고, 이글이글 애띤 얼굴 고운 해야 솟아라.

> (중략)

> 해야, 고운 해야, 늬가 오면 늬가사 오면, 나는 나는 청산이 좋아라.
> 훨훨훨 깃을 치는 청산이 좋아라. 청산이 있으면 홀로래도 좋아라
>
> —박두진, 「해」 부분

1980년 MBC 대학가요제 은상 수상곡 「해야」는 연세대 출신 밴드 마그마가 모교의 교수였던 박두진의 시를 가사로 원용한 곡이다. 깜짝 놀랄 만하다. 이 시대에 이런 노래를 만들었다니. 노래의 기술적 수준을 나는 잘 알지 못한다. 박자와 코드와 화성과 리프를 알지 못한다. 조하문의 꾸밈없는 목소리는 고음 부분에서 갈라지기도 하지만, 이 노래가 품고 있는 격렬한 희망과 내부로 휘감기는 '사이키' 기타와 심장박동을 묘사하고 있는 베이스가 표현해 낸 햇빛의 찬란함이란! 청춘은 불가사의한 에너지를 방사(放射)한다. 이루려고 해서 이룬 것이 아니라, 하고 싶은 것을 했는데 위대한 예술을 실현하는 경우. 「해야」를 평가하는 말이 될 수도 있다. 조하문의 스테인리스강 (stainless steel) 같은 목소리가 쟁쟁 울려 퍼진다. 그의 목소리는 '라이

---

3 「내 아픔 아시는 당신께」 「이 밤을 다시 한 번」이 유명하다.

트(light)'하지만, 마그마의 음악은 '헤비(heavy)'하다.

어느 날 우연히 어디선가 바람 불어와
양지에 조그만 나무 하나 자라났었네
그 곁에 언제나 많은 꽃과 나비 있어서
어리고 연약한 그의 친구가 되었었네
하늘을 향하여 자라나고 있었네
햇살이 비추는 따스한 봄날이었네

세월이 흘러서 나무는 어른이 되었네
사람이 찾아와 그늘에서 쉬곤 했었네
아무도 그 자릴 그냥 지나가지 않았네
나무는 사람의 친구가 되어 주었네
유난히 파란 그 빛을 발하고 있네
무더운 날에도 시원한 여름이었네

—마그마, 「잊혀진 사랑」 부분

마그마의 다른 명곡 「잊혀진 사랑」이 찾아온다. 조하문이 작사 작
곡하고 부른 이 노래는 '사이키델릭 블루스'라는 용어를 사용할 수
있을 정도이다. 기타 때문에 몸이 늘어진다. 머리가 어지럽다. 감정
의 열도를 고스란히 담아내는 기타 연주를 듣는데, 질문이 떠오른
다. 어떻게 사는 것이 올바른 것이냐고, 세상의 질서는 무엇이냐고,
왜 우리는 희로애락 속에서 이별의 운명을 짊어지고 있냐고. 문드러
지는 기타와 흐느끼며 갈라지는 조하문의 절규가 파문을 만든다. 사
람을 위해 모든 것을 내준 나무가 있었는데, 사람들은 그 나무를 잊

고 말았다. 사랑이 있었는데, 아무도 그 사랑을 알지 못한다. 사랑의 행로가 그러하다. 노래의 '나무'를 '사람'으로, '나'라고 해도 좋다. 우리의 사랑은 나무 같을 것이다. 사랑하여 다 바쳤지만, 사랑을 받은 자는 사랑의 가치를 모른다. 사랑은 지워진다. 사랑은 잊혀진다. 사랑의 뼈만 남아 있다. 죽은 나무가 벌판의 뙤약볕 속에 박혀 있다. 마그마는 심벌즈를 부서뜨릴 것처럼, 기타 줄을 끊을 것처럼 부정한다. 울부짖는 기타가 여름 폭풍처럼 달려온다. 태양이 입을 벌리고 으르렁댄다. 사랑이 들끓는다.

가을: 사랑의 진실

어니언스(onions), 양파들, 보컬 듀오 이름. "아, 정말 나에게는 꿈이 되어 버렸네. 다시 한 번 그려 볼까 그대 모습. 눈 감고 생각하다 잠이 들면, 나는 어떡해."(「사랑의 진실」) 떠나간 사람을 그리워하지만 다시 만날 수 없다. 겨우 꿈속에서나 만날 수 있는데, 잠 깨면, 그 사람, 산산이, 부서지고 만다. 이 슬픔을 어떻게 한단 말인가. "고요한 밤하늘에 작은 구름 하나가, 바람결에 흐르다 머무는 그곳"에 그대가 산다. 그곳으로 가지 못하는 "길 잃은 새 한 마리" 하늘을 맴돈다. 「작은 새」의 간주. 피아노가 맑게 떤다. 임창제와 이수영의 코러스가 이어진다. 처연하다. 외로운 나의 분신, 그 새가, "그리운 집을 찾아 날아만" 가는데, 나는 자리에 붙박여 돌아오지 않는 님을 기다린다. 나는 가을만큼 차가워진다. 그대에게 「편지」 한 장을 쓴다. "하얀 종이 위에 곱게 써 내려간" 나의 편지는 그대에게 도착하지 못할 것인데, 나는 읽히지도 않을 편지를 써서 하늘에 날려 보낸다. 바이올린이 울음을 건드리지만 울 수 없다. 기다림은 끝나지 않는다. "멍 뚫린 내 가슴에 서러움이 물 흐르면" 나는 나목(裸木)이 된다. 흰 뼈가 된다. 나는 야윈다. 이루어지지 않았기에 사랑은 끝나지 않는다. 사랑은 저기에서 멀어져 간다. 이별 후에야 사랑의 진실을 깨닫는다. 어니언스의 목소리는 가을 하늘 속으로 퍼진다. 파란 허공뿐이다.

겨울: 사랑의 무덤

"눈물처럼 떠오르는 그대의 흰 손"이 창에 얼룩진다.[4] 사랑은, 어쩌면, 고통일지도 모른다. "누가 사랑을 아름답다 했는가." 죽은 자를 위한 마지막 애도라고 할 만하다. 조용필의 물음에 답한다. 아무도 사랑이 아름답다고 말하지 않았다. 아름다워서 사랑한 것이 아니다. 사랑에는 이유가 없다. 사랑은 선택이 아니다. 사랑했을 뿐이다. 지금 조용필은 「간양록」을 토해 낸다. 부모를 잃고 통곡하는 자식이 보인다. 내가 이 거대한 가수에 대해서 무슨 말을 할 수 있겠는가. 발견하고 또 발견할 뿐이다. 조용필을 들으면서 사랑을 돌이켜 본다.

사랑의 최후가 지나갔다. 나는 흔들린다. 노래가 나를 저격한다. 나는 뚫려 흘러내린다. "잊어야 잊어야만 될 사랑이기에, 깨끗이 묻어 버린 내 청춘이건만, 그래도 못 잊어, 나 홀로 불러 보네, 사랑은 아직도 끝나지 않았네."(「사랑은 아직도 끝나지 않았네」) 사랑은 끝날 수 없다. 부정한들 달라지겠는가. 아니다. 사랑은 영원히 끝장났다. 나는 사랑하지 않을 것이다. "잊으라는 그 한마디 남기고 가 버린, 사랑했던 그 사람, 미워 미워 미워, 잊으라면 잊지요, 그까짓 것 못 잊을까 봐."(「미워 미워 미워」) 잊을 것이다. 까맣게, 그 사람, 잊을 것이다. 지워 버리면 그만이다. 겨울 "바람 속으로 걸어" 들어간다. "아름

---

4 문성근이 남자 주인공으로 출연한 영화, 배경인 함바집 흑백 TV 속에서 「창밖의 여자」가 흘러나왔던 장선우의 「꽃잎」을 기억한다.

다운 죄 사랑 때문에 홀로 지샌 긴 밤이여."(「그 겨울의 찻집」)

　당신은
　당신은 영원히 부동(不動)할 것이다.

서태지와 아이들—모든 것이 무너지고 있었는데 서태지가 나타났다

그날

방송차가 따라온다. 출발한 지 6시간이 지났다. 노래가 들린다. 행군은 계속되고 있다. 5일 일정의 첫날. 오전까지 군가를 들었다. 오후가 되자 속도가 느려진다. 지치고 있다. 레퍼토리가 바뀌었다. 「난 알아요」를 지나 「환상 속의 그대」로. 앨범을 통째로 반복한다. 세 번을 듣고 나서야 서태지의 노래임을 알았다. 46㎞를 걸었다. 숙영지는 영천댐 옆의 야산. 내일은 야간 행군이다. 2일 차의 일정은 50㎞. 어둠 속에서 그들의 랩과 노래가 들려온다. 아직도 마음속에 내가 있나요, 난 정말 그대, 그대만을 좋아했어, 나에게 이런 슬픔 안겨 주는 그대여, 오, 그대여 가지 마세요, 나는 지금 울잖아요. 통증이 있었다. 두려움이 커졌다. 내일 가야 할 길이 보이지 않는다는 사실을 체감했다. 서태지의 노래를 외울 수밖에 없었다. 진통제였다.

환상 속에 그대가 있다

아직 끝나지 않은 이야기가 있다. 사라졌는데, 지워졌는데, 내가 붙들고 있는 환상이 있는 것이다. 거기에 내가 있었는지 나는 알지 못한다.

그날

홍천의 포병 소위. 보병대대 지원을 마친 주말. 읍내로 몰려 나간다. 동기 둘이 목욕탕에 간다. 훈련을 마치고, 모공에 남은 위장 크림을 지우기 위해, 이태리타월로 얼굴을 박박 문지른다. 친구들끼리 깔깔거린다. 등을 닦아 달라고 한다. 즐겁지 않다, 알몸으로 작전과장을 만나는 일. 성기로 경례할 수는 없는 노릇이므로. 나도 밀어 줘라고 하면 어떻게 하지. 다행히 그는 다른 쪽으로. 서두른다. 먼저 나온다. 고기나 먹자. 불판 위에서 지글거리는 살점. 여름 냄새, 살 타는 냄새. 연기 너머 TV. 서태지와 아이들 2집 특집 방송. MBC. 저 음악은 메탈이다. 내 생각이 틀리고 말았어. 모든 게 그리워진 거야, 지금 나에게, 항상 네가 있었어, 하얀 미소의 너를 가득 안고서, 이제는 너를 위해 남겨 둔 것이 있어, 난 그냥 이대로 떠나가는가. 태평소. 김덕수. 헤비메탈 기타 리프. 하여가. 그날 마신 소주. 그날 토한 음식. 화양강을 건너가면서, 달을 본다. 담배를 피운다. 달을 손에 쥔다. 언제나 나를 너무 따뜻하게 대해 주었지, 너도 많이 아파하고 있었다는 것을. 뜯어 먹힌 달도 아프겠지. 나를 따뜻하게 대해 준 너. 어른거린다. 왜 그리 모르지. 나는 너를 왜 모르지. 난 그냥 네게 나를 던진 거야, 너를 기다린다는 설렘에. 다가오는 것은 지저분한 것들, 피하지 않겠어, 내가 가는 길은 어딜까. 「수시아(誰是我)」. 서태지와 아이들 2집 카세트테이프. 쓰러지고 있는 자, 나였다. 서태지가 나를 뚫는다.

나의 마음이 포근해지네

나도 그랬다. 이상한 애들이 나왔어. 거지 같은 것들. 그때, 1992년 봄에, 나는 메탈을 좋아하지 않았다. 서태지가 헤비메탈 기타 리프를 댄스 음악에 섞었다. 그때, 1992년 11월에, 나는 그들의 음악을 거부할 수 없었다. 나는 행군하고 있었다.

그들이 그곳에 있었다

1992년, 서울. 기억하고 있는 장면 하나. 그들이 공중파에 처음 등장했을 때, 평점을 매기던 전영록이 혼란에 붙잡히던 표정. 없었던 것이 나타났기 때문이었다. 세계 저편에는 있었지만,[1] 이 땅에는 아직 드러나지 않았던 음악의 맨 얼굴. 리더 서태지, 양현석과 이주노라는 '아이들'. 래퍼와 댄서와 가수가 결합한 아이돌 그룹의 비조(鼻祖). 서태지와 아이들의 음악과 춤과 랩과 패션이 1990년대 문화에 어떤 자극을 주었는가에 대해 나는 할 말이 많지 않다. 새로운 것이 나타났을 때, 둔감하게도, 잘 알아채지 못하고, 뭐 저런 것들이 있어, 욕을 했던 나였다. 분명한 것은, 서태지의 음악이 위대하다 혁명적이다 같은 고평이 아니라, 서태지라는 고유명사가 1992년에 놓여 있다는 사실. 미국의 그것을 가져다가 한국의 현실에 이식 또는 주입시키기, 그런데 그것이 고사하지 않고 뿌리를 내린 후, 한국의 나무가 되어 성장했다는 것. 새로운 시대가 시작된 것이다. 지나간 것

---

1 「난 알아요」가 Milli Vanilli의 「Girl You Know It's True」를 베낀 곡인지는 잘 모르겠다. 아주 비슷하긴 하다. 인터넷 그물이 없었으니까, 다른 사람들이 잘 모르니까, 남의 것을 자기 것이라고 하는 일이 빈번했다. 박진영이 만들었다고 하는 GOD의 「어머님께」역시 2PAC의 「Life Goes On」과 「Dear Mama」를 가져다 쓴 것이었으니까. 전인권도 그랬으니까.

들을 소환하는 쾌감. 나는 시간을 포식했고, 기계 속의 그들은 변하지 않았다. 1992년의 가을로 나를 떠민다.

1992년부터 1996년까지

서태지의 음악은 다분히 외국 것을 먼저, 잘, 가져다 쓴 것이었다. 「교실 이데아」의 헤비메탈은 그렇다 치고, 가사 내용은 Pink Floyd의 「Another Brick in The Wall」 두 번째 곡을 연상하게 한다. 신대철이 그를 '히야까시'하는 이유. 서태지가 난데없이 허리를 굽히고 온몸으로 헤드뱅잉을 선보였을 때, 그가 미국 하드 코어 밴드 콘(Korn)을 초대해서 그들 내한 공연(2004)의 오프닝을 맡았던 이유. 서태지와 아이들의 4집은 하드 코어와 갱스터 랩과 얼터너티브 락을 잘 버무린 것. '선진적인 것을 먼저 사용하겠습니다!' 정신. 그들이 1996년에 서둘러 해체한 이유. 막 인터넷 시대가 열릴 즈음. 만천하에 모든 것이 까발려지는 시대를 앞두고, 네티즌 수사대가 생기기 전에, 재빨리, 자신의 모든 것을 정리할 수 있는 판단력과 결단력과 용기. 서태지는 구질구질하지 않았다. 흩어진 이후, 그들은 1990년대의 아이콘이 되었고, 그는 부자가 되었다.

1990년대는 우울했다. 41개월을 군대에서 보냈다. 제대한 후 공부를 시작했을 때, 빌어먹을, IMF 사태. 나와 상관없이 나라가 망할 뻔했다. 나는 금이 없어서 전 국민적 나라 구하기 운동에도 참여하지 못했다. 시와 학문에도 경쟁이 시작되고 있었다. 소련이 멸망했다고 울던 사람. 강경대 열사를 보낼 수 없다고 매달리던, 『노동해방문학』을 몰래 읽으면서 혁명의 붉은 깃발은 폐기될 수 없다고, 부정하던, 사람들에게 서태지는 쓰레기의 한 종류였을지도 모른다. 나는 서태지와 아이들을 강제로 받아들였다. 200㎞ 행군으로 강철 다리를 보유하게 되었는데, 그건 좋았는데, 서태지와 아이들의 1집을, 랩까지 외울 줄은 난, 정말—받침을 바꾸면 절망이 되는 말—알지 못했다. 그들의 노래를 흡수한 후, 나는 '좆같다' 또는 '씨발' 같은, 군대 발음과 억양으로 잘 벼려진 욕을 구사하게 되었다. 욕을 뱉을 때마다 시간은 더 빠르게 흘러가도록 프로그래밍되어 있었다. 국방부 시계야 돌아라 돌아 씨발. 서태지와 아이들이라는 불손. 하고 싶은 대로 할 거야, 욕해도 괜찮아, 지금은 그 시대가 아냐, 18, 절대로, 18, 절대로. 혁명적 변환이 시작되고 있었다는 것을, 시대의 풍운이 그에게 부와 명예를 선사한 것은 배가 아프지만, 우리는 그때, 잘 모르고 있었다.

요! 나안- 몰라요!!

혁명은 실패하지 않았는데 실패했다는 판결, 아무도 그것에 대해 말하지 않았다. 서정시는 굳건했지만, 그것은 우리에게, 절대로, 시가 될 수 없었다. 우울한 생태시가 주름을 펴고 있었다. 서태지의 음악을 틀어 놓고, 지휘통제실 당직 근무 중에, 이성복과 황지우를 읽었다. 시 쓴다는 사람들 열심히 읽고 다닐 때, 남들 다 읽으니까 그냥 싫어서 읽지 않았던, 콜라는 제국주의 음료라서 먹지 말라고 위협하고 맥주를 마시면 부르주아냐고 몰아세우고 팝송을 들으면 반동이라고 짖어 대던 형들에게, 교범이었던, field manual, 말 그대로, FM이었던, 박노해와 백무산도 있었지만 시를 '쪼옴' 쓴다는 형들의 전폭적인 애정과 지지와 베끼기의 대상이었던 문지 시집을, 그때, 읽었다. 서태지와 아이들, 이성복, 황지우. 잘 어울린다.

마음대로 하고 싶었는데, 그들을 보고 들으면서, 마음대로 할 수 있다는 가능성을 감지했다. 언어와 감각의 해방이 시작되고 있었다. 투사 대학생 '집단'이 부서졌다. 청춘 대학생 '개인'이 되어, 드디어,

기형도를 마음 놓고 읽을 수 있게 되었다. 혁명이라는 신기루가 사라졌다. '나' 속으로 혁명이 숨어들었다. 다른 세대가 탄생하고 있었다. 그 시대, 나는 20대였다. 새 밀레니엄이 열리기 직전이었다. 요절한 시인이 가 보지 못했던 서른 즈음이었다.

　무엇을 망설이나, 바로 지금이 그대에게 유일한 순간이며, 바로 여기가 그대에게 유일한 장소이다, 모든 것이 이제 다 무너지고 있어도, 환상 속에 그대가 있다, 지금 자신의 모습은 진짜가 아니라고 말한다, 단지 그것뿐인가, 그대가 바라는 그것은, 아무도 그대에게 관심을 두지 않는다, 그대는 새로워야 한다, 아름다운 모습으로 바꾸고, 새롭게 도전하자, 환상 속에 그대가 있다, 모든 것이 이제 다 무너지고 있어도, 환상 속에 아직 그대가 있다, 지금 자신의 모습은 진짜가 아니라고,
　서태지가 말했다.

마음을 뜨겁게 하는 우리 음악

　1.4 후퇴, 흥남 철수, 국제시장, 1953년의 「굳세어라 금순아」 그리
고 현인. 그가 노래하는 장면을 본다. 1987년 영상. 대학 새내기였
던 수십 년 전인데, 그 모습이 아득한 옛날 같다. 이상하다. 초현실
적인 느낌에서 벗어날 수가 없다. 2002년에 세상을 떠난 현인의 노
래에 어울리는 형용사는 '애절하다'이다. 음악과 언어 사이에서 길을
잃는다. 한국 가수가 한국어로 노래를 부르는데, 언어가 낯설다. 외
국어 같다. 젊은 현인이 나에게 다가온다. 부드럽고 얇은 고음으로
간질이다가, 무겁게 내려앉아 부피가 커지는 저음으로 나를 포박한
다. '하이 바리톤'으로 불리기도 하는 현인의 음성. 휴지를 단속하여
이루어 내는 특유의 바이브레이션. 음이 끊길 때마다 그의 숨소리가
들린다.

　가수는 살아서 노래한다. 가수는 죽지 않았다. "리라꽃 같은" 미
소를 피우며 노래한다. "베사메 베사메 무쵸"(「베사메 무쵸」)가 들려온
다. 유호가 작사하고 박시춘이 작곡한 「럭키 서울」을 부를 때 현인

은 진지하다. "타이프 소리로 해가 저무는 빌딩가에서도 웃음이 솟네/너도 나도 부르자 사랑의 노래/다 같이 부르자 서울의 노래". 명랑과 건설을 찬양하는 시대의 이념이 현인의 행진곡이 된다. 시간이 축적되면서 노래가 시대의 정서를 응축한 텍스트로 바뀐다. 그는 생생(生生)하다. 감정이 뭉개질 것 같다. 사라지지 않는 노래들. 감상(感傷)이라고 해도 좋다. 현인의 노래로 불리는 박인환의 작품을 센티멘탈하다고 비난해도 좋다. 나는 기꺼이 감상주의자가 될 것이다.

> 지금 그 사람 이름은 잊었지만
> 그 눈동자 입술은
> 내 가슴에 있네
>
> 바람이 불고
> 비가 올 때도
> 나는
> 저 유리창 밖 가로등
> 그늘의 밤을 잊지 못하지
>
> 사랑은 가고 옛날은 남는 것
> 여름날의 호숫가, 가을의 공원
> 그 벤치 위에
> 나뭇잎은 떨어지고
> 나뭇잎은 흙이 되고
> 나뭇잎에 덮여서
> 우리들 사랑이

사라진다 해도

지금 그 사람 이름은 잊었지만
그 눈동자 입술은
내 가슴에 있네
내 서늘한 가슴에 있네

—박인환, 「세월이 가면」 전문

사랑은 허무한 것이라네. 사랑은 환상이라네. 사랑은 거짓이라네. 사랑은 고통이라네. 사랑은 파괴되어야 하네. 사랑 없는 곳으로 가서 "신라의 밤 노래"(「신라의 달밤」)나 부르겠네. "무릎 꿇고 하늘에다 두 손 비는 인디아 처녀"(「인도의 향불」)의 눈동자에 어리는 만월. 그 쓸쓸한 밤의 구음(口吟)을 오랫동안 품고 있겠네. 「꿈속의 사랑」이 있었네. "사랑해선 안 될 사람을 사랑하는 죄이라서/말 못 하는 내 가슴은 이 밤도 울어야 하나/잊어야만 좋을 사람을 잊지 못할 죄이라서/소리 없이 내 가슴은 이 밤도 울어야 하나". 사랑이 꿈이라면, 사랑이 "다시 못 올 꿈이라면 차라리 눈을 감고 뜨지" 않을 텐데, 사랑은 꿈속에서도 이루어지지 않는 것. 사랑을 버리고 노래 속으로, 영원히, 나는 들어가겠네.

시는 노래가 아니다. 시는 음악이 아니다. 가사는 시가 아니다. 현인의 목소리 역시 시는 아니다. 현인이 부르는 「꿈속의 사랑」이 시이다. 시는 노래 앞에서 무력하다. 가수 현인이 시인이 되는 순간, 그가 노래를 가창할 때이다. 1986년의 현인이 가요무대에서 「고향 만리」를 노래한다. 그는 30년을 2분 30여 초로 압축한다. 세월을 시로 바꾼다. 나는 그 시 속에서 가수의 목소리를 흡수하고 감정의 파동을 경험한다. 시는 노래를 발견한다. 시는 그를 잊지 않는다. 시는 그를 사랑한다.

옆집의 창과 나의 창은 마주 보고 있다
방범 창살과 두 겹의 창문 그리고
무늬가 있는 커튼이 걸리고
우리는 이웃이 되었다

(중략)

당신이 믿고 있는 그
다단의 가림막과 내가 믿는
나의 보호막 사이에서
어떤 시차가 발생한다
내가 열면 당신이 닫고 내가 닫으면
당신이 열곤 하는 우리는 상호주의자

깊은 밤 이따금 창문이 흔들거리면
당신과 나는 잠깐씩 고개를 돌려
같은 방향으로 귀를 기울일 것이다
창문에 손바닥을 대고 숨을 죽여 보거나
가만히 벽지의 무늬를 세어 보는 정적의 틈에서
우리의 경계는 골목처럼 내밀해지고
다정해질 것이다

어둠 속 고요한 창문들이

먼 곳의 불빛을 빨아들이고 있다

꺼졌다가 다시 불 켜지는 창도 있다

—최원, 「이웃의 중력」(『미영이』) 부분

현인의 노래가 끝났다. 감정 밖으로 빠져나오면 현실이 보인다. 싸우는 소리, 식기 부딪히는 소리, 사랑을 나누는 몸들의 거친 숨소리가 들려온다. 파고드는 "이웃의 중력" 같은 소음. 인생이라는 짐을 잠시 내려놓고 과거에 들렀다가 돌아왔다. 인생과 현실은 날름거리는 불꽃 속에…….

현인의 노래를 흔히 트롯이라고 부른다. 낮춰 부르는 말로 '뽕짝'도 있다. 음악이라고 생각하지 않는 사람들도 많다. 락 메탈(rock metal) 음악을 듣기 위해 라페스타의 바를 가끔 찾아간다. 그곳에서 금지된 장르는 클래식과 뽕짝. 주인의 선택을 나는 존중한다. 뽕짝은 그곳의 분위기와 어울리지 않는다니까. 아줌마 아저씨들이 술 취해 껴안고 돌고 돌다가 함께 관광버스 춤을 추더란다. 당연히 금지할 수밖에……. 버스에서 커튼 치고 뽕짝 쾅쾅 틀어 놓고 춤추는 사람들에게 어울릴 만한 노래, 이박사. 그의 음악을 크게 볼륨 키우고 몸을 흔든다. 숨이 찬다. 이박사의 앨범 『스페이스 판타지(Space Fantasy)』의 세 번째 트랙 메들리 곡 「뽕짝—테크노 버전」의 길이는 22분 정도이다.

이 잡종 음악을 어떻게 규정할까. 누구도 예측할 수 없는 괴물이 탄생했다고 할까. 테크노 장르가 어떤 음악과도 섞일 수 있음을 증명했다고 할까. 뽕짝의 비트를 증가시키면 모두가 아는 고속도로 휴

게소 음악이 나오니까, 그렇고 그런 상스러운 노래로 폄하할까. 없던 것의 탄생. 이것을 우리는 시적(詩的)인 것으로 평가할 수 있을까. 아무도 하지 않았던, 아니, 할 수 없었던 것을 창조해 낸 이박사. 그것에 '새롭다'는 말을 붙일 수 있을까. 겨우 5분이 지났는데, 머리를 쉬지 않고 흔들었더니 어질어질하다. 이박사의 고음 추임새가 이어진다. 춤을 멈추자. 심호흡을 하자. 나는 이박사의 음악을 의자에 허리를 곧추세우고 앉아 감상한다. 이디엠(Electronic Dance Music)이다. 과장된 꺾기가 연속된다. 넘어간다, 넘어간다, 이히, 이히, 이힛, 좋다아 좋아아, 헛 헛 헛! 이박사는 스스로 '삼류'라고, 질 낮다고 말한다. 감추지 않는다. 그래서 그의 음악은 '센치한' 삼류가 될 수 없다. 그의 음악은 청자를 속이지 않는다. 가리고 감추는 자가 아니다. "원숭이 나무에 올라가 꼬리를 휘두르며 앉아 있네, 북쪽의 술집 아가씨들은 짧은 치마를 너무 좋아해, 얼씨구 절씨구, 디스코를 잘 추네, 몽키 몽키 매직."

그의 음악은 하이브리드(hybrid)의 모범 사례이다. 10분, 절반이 지나고 있다. 맥박과 혈압이 치솟는다. 가치를 전복하고, 형식을 파괴한다. 새로움을 향해서 뒤돌아보지 않고 전진한다. 극단을 두려워하지 않는다. 이전에는 없었던 것의 현현(顯現). 이박사의 하드 코어 테크노 댄스 음악이 귀를 자극한다. 「오방」이다. "아싸, 오뎅, 아싸, 오방" 후렴구 뒤로, 이박사의 기성(奇聲), 환청처럼 퍼지는 '오방 오방 오방'. 이박사는 우리를 불편하게 만든다. 염산처럼 자극적이다. 이박사의 음악은 전위음악이다. 그의 음악은 프로그레시브하다.

크라프트베르크와 탠저린 드림
Kraftwerk & Tangerine Dream

　EDM의 시대. '일렉트로닉(electronic)'이라는 용어가 아우르는 테크노 음악의 위상은 높고 영역은 광범위하다. 기원으로 올라간다. 신디사이저가 보인다. 독일 출신의 두 밴드가 우뚝 솟아 있다.

　신디사이저 네 대로 음악을 제작하는 '크라프트베르크'의 뜻은 '발전소'. 내가 기억하는 크라프트베르크. 히트 팝송 대백과라고 불리던 카세트테이프 전집에 그들의 싱글 「Radio—Activity」가 끼어 있었다. 기계음의 반복, 긴장을 고조시키는 무전기 착신음, 규칙적으로 좌우 이동하는 '칙 칙' 효과음, 기계적 보컬. 노래 제목이 방사능이 뭐야, 이상한 노래야. 아마도 이런 말을 뇌까렸을 것이다. 같은 시대에 아트 락이 있었고, 디스코가 태동하기 시작했고, 하드 락이 천둥을 생산하고 있었다. 수많은 팝송들 사이에서 전자음악이 시작되고 있었다.

　신디사이저 때문에, 악기를 연주(play)하는 것이 아니라 작동(work)하거나 프로그래밍한다는 새 개념이 도입되었다. 크라프트베르크는 신디사이저를 이용해서 새로운 팝 뮤직을 선보인다. 크라프트베르크의 신디사이저 사운드는 1980년대 이후 우리가 경험한 뉴 뮤직과 유로댄스 음악의 시조이다. 버글스(Buggles)가 선배들의 사운드를 이어받아 「Video Killed The Radio Star」, 「Techno Pop」 같은 본격적인 테크노 장르의 문을 연다. 반젤리스(Vangelis)의 『Soil Festivities』나 장 미셸 자르(Jean—Michel Jarre)의 『Oxygène』 같은 프로그레시브 장르의 혁신적 세계 역시 신디사이저에 의해 이룩된다.

「Das Model」을 듣는다. 반복되는 전자 드럼 소리에 신디사이저 선율이 덧입혀져 있다. 춤을 추기에는 느리고, 가만히 있기에는 간질거린다. 이들의 신스팝(synthpop)은 흥겹다. 귀 기울여 소리 하나하나를 청신경에 몰아넣는다. 전자음 뒤를 따라오는 랄프 휘터(Ralf Hütter)의 목소리가 또렷하다. 로봇, 컴퓨터, 인간 기계(man machine) 같은 음악의 주제가 선명해진다. 이번에는 인더스트리얼(industrial) 장르의 선두 주자인 독일 밴드 람슈타인(Rammstein)이 커버한 「Das Model」이다. 신디사이저로 만든 '발전소'의 드럼 비트가 메탈 기타 리프로 고스란히 바뀌어 있다. 아우토반(Autobahn)을 시속 180㎞로 질주하는 느낌이다. 크라프트베르크의 테크노 찬가 「Techno Pop」을 연다. 반복, 반복, 반복. "멈춤 없는 음악, 테크노 팝, 멈춤 없는 음악, 테크노 팝, 합성한 전자음, 세계 모든 곳에 인더스트리얼 리듬이 가득하다." 입체파 화가 페르낭 레제(Fernand Léger)의 그림이 떠오른다. 기계와 인간의 조화일까. 나의 생각은 영화 「터미네이터(The Terminator)」 연작으로, 드니 빌뇌브(Denis Villeneuve)의 「블레이드 러너 2049(Blade Runner 2049)」로 이어진다. 리들리 스콧(Ridley Scott)의 원작 「서기 2019 블레이드 러너(Blade Runner)」의 영화음악을 맡은 반젤리스는 신디사이저로 검은 비 뚝뚝 떨어지는 묵시록을 완성했다.

신디사이저를 사용하여 독창적인 전자음악을 창조해 낸 '발전소'가 보인다. 굴뚝에서 연기가 솟구친다. 터빈이 돌고 있다.

> 우리의 배터리가 충전되었다
> 지금 우리의 에너지는 가득하다
> 우리는 로봇이다
> 우리는 로봇이다
>
> 우리는 자동으로 기능한다
> 우리는 기계적으로 춤춘다
> 우리는 로봇이다
> 우리는 로봇이다
>
> ─Kraftwerk, 「The Robots」 부분

드럼 머신의 강력한 베이스 사운드가 「Boing Boom Tschak」을 맥동(脈動)하게 한다. 가사가 의성어 '보잉 붐 착'뿐이다. 가사의 미니멀리즘을 실현하고 있는 크라프트베르크의 음악이 「Computer Love」를 끝으로 막을 내린다. 크라프트베르크가 팝과 댄스로 좌표를 옮길 때, 탠저린 드림은 다른 방향의 음악을 추구한다. 그들은 프로그레시브로 나아간다. 17분 동안 나는 명곡 「Phaedra」 안에 머물 것이다. 탠저린 드림의 음악을 수용하기 위해서는 어둠과 공간이 필요하다. 불빛은 한 자루 초만으로도 충분하다. 온몸의 신경을 곤두세우고, 눈을 감는다. 모든 세포를 열고 싶다. 단 한순간도 소리를 놓쳐서는 안 된다. 숨을 들이마신다. 허파를 채우는 소리. 부풀다가 빛으로 바뀌는 소리. 몸에서 빛이 새는 것 같다. 발광(發光)하면서 나는 떠오른다. 심해의 해파리. 어둠 속을 항해하는 우주선처럼 깜빡거린다. 언어는 무용(無用)하다. 순수한 음악이다. 가사가 없는데, 시가 된다. 음악의 아름다움 때문이다. 탠저린 드림은 물리적 파동인 소리로, 의미와 가치가 요구되지 않는 순수한 전자 음향의 아름다움만으로, 시를 쓰고 있다.

「Stratosfear」가 이어진다. 몇 년 전, 평론가들과 좌담을 마치고 왕십리역 근처 바에서 술을 마시게 되었다. 좋은 음악을 많이 틀어 준다고 해서 들어간 곳이었다. 음악을 신청한 후 말했다. 십 분밖에 안 됩니다. 잠깐 침묵할래요. 30초 무렵부터 리듬의 분절과 선율의 드라이빙이 병존한다. 와, 와, 별나라를 여행하는 것 같아요. 공간을 가득 채우는 신디사이저. 소리가 아니라 음악이다. 귀를 잡아당긴다는 표현이 맞는다. 볼륨을 키워 달라고 요청한다. 크기가 아니라 부피. 밀도가 상승한다. 아, 어둠 속으로 연기를 날려 보내고 싶다. 흡연하듯 음악을 마신다. 이 음악은 유장하게 흐르는 대하(大河)이다. 하구의 삼각지에서 바라보는 붉은 일몰이다. 뒤돌아보지 않는 방랑자이다. 돌아가지 않는 바람이다. 갑자기 휘발할 것 같은 그림이 지나간다.

작약 한 그루
모란인 줄 알았다 그래도 태연자약
함박꽃이라 그래도 태연자약
구십을 넘긴 할아버지처럼
구십이 다 된 할머니처럼
한낮의 햇살 아래 태연자약
나는 아직 못 가 본 저 세계

참 환하다.

—성선경, 「민화 1」(『까마중이 머루 알처럼 까맣게 익어 갈 때』) 전문

탠저림 드림. 귤처럼 영근 작은 꿈. "아직 못 가 본 저 세계"는 죽음일까. 누구나 가야 하는 저 세계가 "환하"게 열려 있다. 현실과 꿈의 경계가 사라진다. 강물이 바다에 도달했다. 『Logos』가 시작되었다. 1982년 런던 더미니언 극장(Dominion Theatre) 라이브 앨범. 대중적인 곡이지만, 길이는 45분 7초. 고등학교 1학년이었다. 지금은 없어진, 청주의 충북음악사에서 카세트테이프 '이성'을 샀다. 음악이 뭔지 잘 모르고 있었지만, 밴드 이름에 꿈이 있어서, 앨범 커버가 인상적이어서, 황인용의 「영팝스」에 출연한 성시완의 아트 락 소개 방송에서 이름을 들었던 것 같아서 선택은 어렵지 않았다. 7분이 지나고 있다. 이 대작에서 가장 아름답다고 생각되는 세 번째 파트 「Logos Velvet」이 오로라처럼 펼쳐진다. 검은 바다 위를 미끄러지는 달의 항적(航跡). 달빛 일렁이는 바다. 신디사이저 선율, 물결친다. 감탄하고 감탄했지만, 음악은 여전히 아름답고, 음악은 시간을 거슬러 나에게 다가와 깊은 따스함을 선사한다. 불멸한다. 테이프가 늘어져서 못 들을 때까지 나는 반복 재생했다. 45분짜리 이 음악을 피에 용해시키겠다고 생각했다.

나는 꿈꾸고 있었는지도 모른다. 다른 곳으로, 이곳이 아니라 저곳으로 가고 싶은 열망뿐이었다. 당신이 누구인지도 몰랐지만, 당신은 아니라고 부정하고 부정했다. 이 음악의 유일한 딕션(diction), 신디사이저로 내는 사람 목소리, "Wake up!" 이 말은 주술이다. 음악이 시간 위를 활주한다. 2015년에 죽은, 밴드의 리더 에드가 프뢰제(Edgar Froese)가 생각한 이성은 음악이었을까. 음악과 나는 영원한

여행자이다. 26분이 지나고 있다. 우주로 이동한다. '탠저린 드림'호를 타고 환하게 열려 있는 미지의 세계로 들어간다.

무디 블루스
The Moody Blues

내가 처음으로 산 엘피. 무디 블루스의 『Long Distance Voyager』. 1982년이었다. 우주선 보이저호가 재킷 구석에 숨어 있었던 그 앨범의 음악을 나는 들을 수 없었다. 집에 '전축'이 없었다. 친구 근환이네 집으로 갔다. 중2 영어 수준으로는 제목조차 제대로 읽을 수 없었지만 기쁘고 기뻤다. 다음부터 엘피 대신 카세트를 샀다. 『월간 팝송』도 구독했다. 컬처 클럽(The Culture Club)과 듀란듀란(Duran Duran)을 더 많이 들었지만, 에이씨디씨(AC/DC)와 주다스 프리스트(Judas Priest)와 리치 블랙모어(Ritchie Blackmore)의 레인보우(Rainbow)도 힐끗거렸다. 에프엠의 팝송 프로그램을 열렬하게 청취하기 시작했다. 박원웅 아저씨가 무디 블루스의 앨범 『The Present』가 나왔다고, 싱글 「Blue World」를 방송했을 때, 나는 레코드 가게로 뛰어가 두 번째 엘피를 샀다. 첫사랑 무디 블루스. 마침내 턴테이블이 내 방에서 돌고 있었을 때, 나의 귀는 두 개가 아니었을 것이다. 다섯 개쯤으로 늘어났을 것이다.

무디 블루스를 프로그레시브 락의 아버지로 평가하는 경우가 많다.[1] 1967년에 발표된 그들의 두 번째 앨범『The Days of Future Passed』때문이다.[2] 이 걸작은 드보르작(Antonín Dvořák)의「신세계 교향곡(Symphony No. 9)」을 테마로 삼은 컨셉(concept) 앨범이면서, 고전음악과 락을 융합시킨 최초의 작품이다. 없었던 것이 탄생했다. 심포니와 락을 결합시킨 무디 블루스의 방법적 혁신은 1970년대 초반을 찬란하게 장식했던 아트 락의 출발점이 되었다. 1968년부터 1972년까지 무디 블루스는 해마다 한 장씩 앨범을 선보인다. 예외로, 1969년에는 두 작품을 발표한다.『In Search of The Lost Chord』,『On The Threshold of A Dream』과『To Our Children's Children's Children』,『A Question of Balance』,『Every Good Boy Deserves Favour』,『Seventh Sojourn』.

1981년과 1983년에 발매된 두 앨범『Long Distance Voyager』와 『The Present』를 감상한다. 변화 발생. 이전까지 키보드를 담당했던 마이크 핀더(Mike Pinder) 탈퇴. 프로그레시브 밴드 레퓨지(Refugee)와 예스(Yes)를 거친 새 건반 주자 패트릭 모라즈(Patrick Moraz) 가입. 멜로트론에서 신디사이저로. 뉴 뮤직과 테크노의 영향을 받아 대중적인 요소를 적극적으로 수용한 두 앨범 속 패트릭 모라즈의 키보드는 선명하게 드러나지 않는 것 같은 느낌을 준다. 리듬 파트가 강렬해졌지만, 그래서 대중적인 락 사운드를 풍성하게 들려주고 있지만, 프로그레시브 락 사운드의 풍미가 사라지지 않았다는 느낌을 받게

---

[1] 프로그레시브 락은 특정한 음악 장르를 지칭하는 용어가 아니다. 진보적이고 새로운 시도 전체를 아우르는 광범위한 용어이다.

[2]「X-men」연작 중 브라이언 싱어가 감독한 2014년 작품 제목은 "Days of Future Past"이다.

되는 이유. 패트릭 모라즈의 건반 연주 때문이다. 사실, 이 시기 무디 블루스의 사운드는 패트릭 모라즈의 건반이 주도한다고 말해도 과언이 아니다. 드러나지 않는다는 말은 틀린 말이다. 「Blue World」의 전주 부분에서 패트릭 모라즈의 신디사이저는 풍성하고 두껍다. 빛이 흘러내리는 부드러운 융단 같다.

1978년 재결합하면서 발매했던 앨범 『Octave』의 마지막 트랙이 「The Day We Meet Again」이었다. 이후 '우리'(멤버 전체)는 다시 만나지 못했다. 마이크 핀더의 부재는 무디 블루스의 음악에서 멜로트론이 사라진다는 사실을, 멜로트론의 부재는 그들의 음악에서 '아트'나 '프로그레시브'의 증발을 의미한다. 킹 크림슨의 첫 번째 앨범에서, 제네시스(Genesis)의 「Selling England by The Pound」나 「The Knife」 같은 싱글에서, 스트롭스(Strawbs)의 「Hero and Heroine」이나 「Autumn」 같은 명곡에서 폭포수처럼 쏟아져 내리던 멜로트론 선율. 무디 블루스 멤버 다섯 명은 각각 작곡하고, 그 트랙을 대부분 작곡한 사람이 노래한다. 리드 보컬이 네 명 등장하는 셈이다. 무디 블루스 음악의 다채로움이 이러한 특성에서 비롯된다. 드러머인 그레이엄 에지(Graeme Edge)는 시를 써서 앨범에 싣는다. 마이크 핀더는 그가 작곡하고 노래 부른 많은 작품에서 멜로트론을 전면에 내세운다. 멤버 중에서 가장 프로그레시브한 음악을 선보였던 마이크 핀더. 그의 음악을 따라간다. 「Have You Heard 1, 2」 연작 사이에서 「The Voyage」가 퍼져 나온다. 멜로트론의 웅장함. 다른 말을 찾기 힘들다. '론진'이라는 시계 광고에 이 음악이 사용되었던 것 같다.

음악은 때로 거리를 축소시킨다. 공간을 압축해 버린다. 듣는 몸을 두꺼운 벽 사이에 가둔다. 음악이 쏟아 놓은 현악의 빛깔은 블루이다. 한없이 파동 치는 파랑을, 창공을, 몸에 주입한 듯하다. 비상한다. 날개도 없이 날아오른다. 멜로트론의 푸르고 투명한 손이 나를 하늘로 잡아당긴다. 아니다. 이것은 망상이다. 음악을 언어로 번역하는 것은 불가능하다! 나는 절망한다. 음악과 언어는 싸우지 않는다. 음악에 먹힌다 한들 어떠랴. 그것조차 행복이다. 나는 눈을 감는다. 그르렁거린다.

「My Song」이다. 깨닫기 전까지 나는 숨 쉴 수 없었다. 사랑을 찾아 헤맸다. 다른 사랑을 기다렸다. 나의 노래를 찾았다. 인식의 순간, 바람은 얼어붙었다. 지금 바람은 얼음에 갇혀 있다. 사랑이 얼음을 깬다. 그 바람 풀려난다. 멜로트론이 공간을 연다. 멜로트론이 광야를 가슴에 쏟아 넣는다. 나는 사랑을 몸에 가둔다. 몸속의 불꽃, 나의 노래.

나는 당신에게 말할 수 있어요, 모든 것이 내 안에 있었어요. 나는 나의 노래를 부를 것입니다. 사랑은 세계를 바꿀 수 있어요. 사랑은 당신의 인생을 바꿀 수 있어요. 당신을 행복하게 하는 것, 그것을 하세요. 당신이 옳다고 생각하는 것, 그것을 하세요. 지금, 하세요. 그것이 사랑입니다. 지난 몇 년이 나를 변화시켰어요. 나는 이 세계를 새로 바라보게 되었어요. 사랑이 운명을 비틀었어요. 당신에게 이 사실을 어떻게 말할 수 있을까요.

우리나라에서 대중적으로 알려진 마이크 핀더의 노래는 「Melancholy Man」이다. 그의 짙은 비음이 노래 전편을 물들인다. 땅에서 하늘로 치솟는 바람과 하늘에서 땅으로 내려와 휩쓰는 바람이 공존한다. 저 너머를 뚫어 보는 자의 시선이, 바람이 다져 놓은, 구부러지지 않는 의지의 시선이 '멜랑콜리'에 내장되어 있다. 멜랑콜리 맨은 이곳에 돌아오지 않을 것이다. 자유와 사랑을 맞바꿀 것이다. 자유의 대가(代價)가 멜랑콜리라면 당신은 선택하겠는가. 멜로트론이 몰고 온 바람 속에서 나는 자유를 생각한다. 단 한 번도 추상에서 내려온 적이 없는 자유를 바라본다.

「헬리콥터여 너는 설운 동물이다」

─自由
─悲哀

더 넓은 전망이 필요 없는 이 무제한의 시간 위에서
산도 없고 바다도 없고 진흙도 없고 진창도 없고 미련도 없이
앙상한 육체의 투명한 골격과 세포와 신경과 안구까지
모조리 노출 낙하시켜 가면서
안개처럼 가벼웁게 날아가는 과감한 너의 의사 속에는
남을 보기 전에 네 자신을 먼저 보이는
긍지와 선의가 있다

─김수영, 「헬리콥터」 부분

자유와 비애는 왜 짝이 될 수밖에 없을까. 김수영이 우리에게 던진 질문의 답은 시에도 음악에도 없다. 자유와 비애 사이에서 길을 잃고 우리가 '멜랑콜리 맨'이 된다고 해서, 그 길 바깥으로 나갈 수 없다는 사실 아닌 사실을 자각한다고 해서 무엇이 달라질 것인가. 비애가 영원히 짊어져야 할 삶의 운명이라면 우리는 무엇을 해야 하는가. 소리의 대지를 펼쳐 놓는 멜로트론, 소리의 반향을 삭제하는 멜로트론의 광대무변한 넓이를 감지하려 애쓴다. 멜로트론의 선율 속에는 비애가 들어 있다. 멜로트론의 음색은 "움직이는 비애"(김

수영, 「비」)를 떠올리게 한다. 비애의 음성이 다가온다. 마이크 핀더의 「When You're A Free Man」이 우리를 '새로운 지평'(「New Horizons」)으로 데려간다.

핑크 플로이드
Pink Floyd

아껴둔 분홍.

핑크 플로이드를 나는 언어로 옮길 수 있을까. 언어에게 미안하지만, 언어를 결코 낮춰 보는 것은 아니지만, 시의 패배를 인정하는 것도 아니지만, 나는 핑크 플로이드 앞에서 형용사 '불가능하다'를 표현하고 말았다. 사용하면 할수록 의미와 가치가 타락하는 다른 형용사 '아름답다'를 입 밖에 꺼낸다. 아름다운 핑크 플로이드. 그들을 잘 알고 있었지만, 음악은 자주 듣지 않았다. 어떤 것은 남겨 둬야 하는 것이다. 어둠 속에 가둬 놓았지만, 아무리 숨겨 두려 해도, 그것은 스스로 에너지를 내뿜는다. 흑체복사(黑體輻射). 핑크 플로이드, 그 항성을 바라본다.

앨범 『Meddle』을 꺼낸다. 엘피 재킷을 연다. "좋아하는 아티스트의 새 앨범을 개봉하는 건 종교적 경험이었고, 바늘이 엘피의 소리골에 내려앉으려던 순간, 막 들어가려던 마법의 세계를 그려 내기 위해서 앨범 커버는 반드시 필요했다."[1] 겉장에 문자가 없다. 누구의 어떤 작품인지 알 수가 없다. 양면으로 펼치자 안쪽에 핑크 플로이드 멤버 넷의 상반신 사진. 젊다. 왼쪽부터 로저 워터스(Roger Waters), 닉 메이슨(Nick Mason), 데이빗 길모어(David Gilmour), 리처드 라이트(Richard Wright). 레코드 속에는 여섯 곡이 실려 있다. 맨 끝에 「Echoes」가 보인다.

2002년이었다. 핑크 플로이드 공연을 보기 위해 88올림픽 주경기장으로 들어섰다. 그때 동행했던 사람들. 남자 셋, 여자 둘. 그중 넷은 캠퍼스 커플에서 부부로 변신했다. 잔디밭 관중석을 에워쌌던 스피커들, 찬란했던 조명 그리고 그날 밤 '축배'에서 마셨던 술. 끝나고 알았다. 그 공연은 핑크 플로이드가 아니라 로저 워터스의 공연이었다. 그 기타는 내가 라이브로 듣고 싶었던 그 기타가 아니었다. 데이빗 길모어의 기타가 아니라는 사실에 나는 적잖이 실망했던 것 같다. 돌이켜 생각해 본다. 그 공연이라도 본 것이 얼마나 다행인가. 그곳에서 그때, 소리가 살아 있는 동물이라는 사실을 처음으로 경험했다. 관중석을 둘러싼 스피커가 뿜어내는 음악은 솜털 하나하나를 자극했다. '전율'이라는 명사의 실재. 동사 '아로새기다'의 실현.

내가 선택한 것은 2016년 폼페이(Pompeii) 라이브. 45년 만에 데이빗 길모어가 폼페이에 돌아왔다는 슬로건. 일흔이 된 그가 기타를 연주한다. 조명 속에 실루엣으로 서 있다. 닉 메이슨도, 리차드 라이트도 없다. 혼자서 노래한다. 환희와 탄식이 섞인다. 인생으로 돌아와서(「Coming Back to Life」), 음악으로 귀환해서, 그가 우리 앞에 있다. 기타가 빛을 내뿜는다. 고유명사 핑크 플로이드 속에서 나는 무엇을

---

1 오브리 파월, 『바이닐. 앨범. 커버. 아트(*Vinyl. Album. Cover. Art*)』의 서문 중에서. 이 서문은 피터 가브리엘(Peter Gabriel)이 썼다.

찾고 있는가. 진 바지와 면 티셔츠를 입고 공연하는 저 할아버지는 누구인가. 음악의 장엄함을 구현하는 가사에서, 공연장의 어둠을 쪼개는 초록 레이저에서 나는 시를 느끼고 있는 것인가. 일제히 점등되었다가 꺼지는 조명. 어둠과 빛의 화음을 주관하는 키보드 선율의 습윤한 질감, 조금씩 음의 끝이 갈라지는 그의 음성 그리고 내가 기다리던 기타의 등장. 부사 '가장'을 쓸 때이다. 가장 황홀한 기타 연주가 내 심장 안으로 들어온다. 피가 뜨거워진다. 기타 선율이 눈물로 바뀐다. 피부를 뚫고 나오는 얼음송곳을, 뜨거운 이마를 짚어 주는 바람의 찬 손길을 느낀다. 이 기타는 몸을 찢어 내려 한다. 기타가 뿜어내는 '소리-빛'이 나를 지운다. 기타가 데이빗 길모어를 휘발시킨다.

고통은 없다
당신은 서서히 멀어진다
먼 수평선에는 연기 솟는 배
물결처럼 나타나는 당신
입술은 움직이고 있지만
나는 당신의 말을 알아들을 수 없다

내가 아이였을 때
얼핏 보게 된 것
곁눈질로 슬쩍 보았던 것
제대로 보려고 고개를 돌렸지만
사라진 것
지금도 정확히 무엇인지 지적할 수가 없는 것

그것은 무엇일까

아이는 자라고
꿈은 사라지고
그리고 나는
편안한 무감각에 빠져 있다

—Pink Floyd, 「Comfortably Numb」 부분

어른이 된 내가 과거의 나를 쳐다본다. 옛날의 나, 너는 거기에 있
었는데, 지금의 내 안에는 없다. 나는 나를 잃어버렸다. 그날의 순수
한 나는 사라지고, 지금의 나는 진정한 나를 상실한 채, 편안하게 살
고 있지만, 그것은 무감각, 마비된 삶에 불과하다. 나는 그날로 돌아
갈 수 없다. 나는 그날의 내가 될 수 없다. 나는 무엇을 잃어버린 것
일까. 내가 놓친 것은 무엇일까. 가사는 분명 시이고, 문장을 노래로
부르는 목소리도 시이다. 언어의 내용과 상관없이, 과거와 현재를
동시에 덮어 버리는 저 웅혼한 기타의 빛도 시이다. 음악과 시가 분
리되지 않는 이 순간이 시이다. 강렬한 행복을 표현하기 위해 내게
주어진 단어는 '아름답다'뿐이다.
　차라리 절망하는 편이 낫지 않을까. 음악 앞에서 시가 부서져 내
린다. 음악을 이길 수 없는 시의 열패감이라니…… 그러나 슬프지
않다. 음악과 시는 적이 아니다. 음악과 시는 하나였다는, 바보 같
은, 메아리 없는 말은 발화하지 않겠다. 시와 음악은 다르다. 서로
흠모할 뿐이다. 그렇게 할 수밖에 없다. 시는 음악으로, 음악은 시로
번역해야 한다. 절대로 같을 수 없지만, 동시에, 절대로 다를 수 없
는 존재들. 한 몸 위의 두 머리.

느낌이 증폭된다. 데이빗 길모어의 기타에 질식한다. 이 말을 하는 순간, 언어는 길을 잃는다. 나는 『The Dark Side of The Moon』을, 「High Hopes」를 지난다. 「Shine on You Crazy Diamond」에 도달한다. 우리는 언제 찬란하게 빛났던가. 우리가 청춘이었을 때, 우리는 아름다웠던가. "어서 오라 그대, 자유로운 자여, 미래를 보는 자여, 화가여, 피리 연주자여, 죄수여. 와서 빛나라, 미친 다이아몬드처럼." 다시 불꽃이 될 수 있을까. 기타가 어둠을, 내 마음을 할복한다. 기타 불꽃이 타오른다. 나를 소신(燒身)시킨다. "당신이 젊었을 때를 기억해 봐요, 당신은 태양처럼 빛났습니다. 그날, 당신은 미친 다이아몬드……." 다른 시 「Echoes」를 읽는다. 우리는 아직 살아 있다. 삶의 '메아리(Echoes)'가 돌아온다. 나는 날개를 펼칠 것이다. 어느 날…… 마침내…….

저 너머 알바트로스
공중에서 정지 비행하네
물결치는 파도 아래
산호 동굴의 미로 속에 웅크렸던
먼 시간의 메아리
모래톱을 가로질러 버들피리처럼 퍼져 오네
여기 모든 것은 초록과 잠수함

아무도 우리를 그곳으로 부르지 않고
아무도 어디에서 시작되었는지 왜 그런지
알지 못한다네 무엇인가
휘몰아치고 무엇인가

시도되는데
빛을 향해 상승하기 시작하는 것

낯선 사람들이 거리를 지나고 우연히
분리된 두 시선이 만나고
나는 당신이고 내가 보는 것은 나인데
나는 당신을 손으로 잡을 수 있는지
당신이 나를 그곳으로 인도할 수 있는지
도와줘요 이것이 나의 최선이라고 이해할 수 있게

아무도 우리를 그곳으로 부르지 않고
아무도 살아서 그곳을 넘어가지 못하고
아무도 말하지 않고 아무도 시도하지 않고
아무도 태양 주위로 날아오르지 않고

매일 당신은
깨어 있는 내 눈으로 떨어져 내리고
나를 불러 일어나라고 부추기네
벽의 창문을 지나 날개 펼친 햇빛이 흘러드네
아침, 백만의 밝은 대사들

아무도 나에게 자장가를 불러 주지 않고
아무도 내 눈을 감겨 주지 않네
하여 나는 창문을 더 넓게 열고
하늘 저 너머 당신을 부르네

―Pink Floyd, 「Echoes」 전문

당신은 누구인가. 창공 위에서 정지 비행하고 있는 신천옹인가. 그 커다란 날개를 펴고 엄습하는 새의 검은 그림자. 메아리가 들리는가. 당신을 외쳐 부르는 나의 목소리가 허공에 메아리치는데, 당신은 나의 목소리를 들을 수 있는가. 아, 당신이 내 목소리를 듣는다면, 저 그림자는 날개 펼친 햇빛이 되리라. 나를 빛나게 하는 햇빛, 아름다운 아침으로 나를 인도하는 백만의 대사(大使)들. 깊은 바다 산호 동굴 속에서 시작된 시간의 메아리, 나에게 다가오네 들려오네. 허공에 떠 있는 당신, 나의 메아리, 당신의 목소리.

신비를 우리에게 전달해 주는 것은 가사뿐이 아니다. 밴드의 연주가, 데이빗 길모어의 목소리와 기타와 릭 라이트의 키보드와 로저 워터스의 베이스가, 시공간을 가로질러 다가와 가슴을 파고든다. 가사의 이미지도 시이고, 가사 없이 진행되는 15분의 연주도 시이다. 진행되는 침묵도 음악이고, 시이다. 듣는 시가 읽는 시의 이미지를 중합하고, 압축하고, 증폭한다. 시와 음악은 경쟁하지 않는다. 시는 음악이 아니고, 음악은 시가 아니지만, 시와 음악이 협동할 수 있다는 사실을 확인한다. 질료가 다르고, 소통 매체가 다른, 본질적으로 같을 수 없는, 두 예술의 우위를 우리는 가늠할 수가 없다. 시가 음악에 어떤 영향을 주었느냐고 물을 수 있다. 내가 아는 한, 시는 언제나 음악의 영감이었다.[2]

---

2 호메로스의 서사시 「오딧세이아」를 프로그레시브 메탈로 바꾼 밴드 심포니 엑스 (Symphony X)의 『The Odyssey』와 단테의 『신곡』 일부를 작품화한 이탈리아 밴드 메따모르뽀시(Metamorfosi)의 『Inferno』를 들어 보라.

2004년 7월 초, 프라하의 밤. 낮이 남겨 놓은 열기 속에서, 관광객 넘실거리는 거리에서 바라본 성의 불빛. 카를 대교를 혼자 걷고 있었다. 소음을 뚫고, 섬광처럼 뻗어 나오던 기타 선율. 한 청년이 앉아서 부르던 노래. "그래서, 당신은 지옥에서 천국을, 고통에서 푸른 하늘을 말할 수 있다고 생각하나요. 당신이 여기에 있기를 얼마나 바랐는지……." 시드 배럿(Syd Barrett)을 그리워해서 만든 노래, 「Wish You Were Here」. 얼마나 바라고 바랐는지, 당신은 모를 것인데, 내가 얼마나 당신을 그리워했는지…… 아, 당신이 여기에 있었으면…… 당신이 여기에 없는 지금, 오래된 공포가 나를 붙들고……

이렇게,

사랑은 끝난 것이다.

밥 딜런

Bob Dylan

1. 고백

밥 딜런은 시인이다. 그의 방대한 작품들. 노래를 듣든 가사를 읽든 그의 전 작품을 따라가는 일은 불가능에 가깝다. 정확하게 말하자. 가사를 읽는 일보다 노래를 듣는 일이 더 힘들다. 나는 그의 전곡을 빠뜨리지 않고 들을 수가 없다. 음악은 순수한 시간예술이기 때문이다. 밥 딜런의 전체 음악의 시간은 얼마나 될까. 지금 나는 밥 딜런이 열어 놓은 '에덴의 문'(「Gates of Eden」) 안으로 들어간다.

2. 소동

가수 밥 딜런이 노벨문학상을 받았다. 찬성과 반대가 비등했다. 당연하다. 그는 그 상을 마땅히 받을 만한 시인이다. 그렇지 않다. 어떻게 일개 대중 가수에게 문학상을 수여할 수 있단 말인가. 문학의 순수성을 고수하는 사람들과 소설을 선호하는 사람들은, 전 세계적으로, 그의 수상을 못마땅하게 여겼다. 문학과 대중 예술의 경계가 존재하지 않는다고 생각하고, 시의 영역에 발을 디디고 있는 사람들은 노벨문학상의 전복적 선택을 환영했다.

당신은 어느 쪽인가. 밥 딜런은 노벨문학상을 받아서는 안 된다고 생각하는가. 누구보다 뛰어난 작품을 써 낸 시인이라고 그를 받아들이는가. 선택은 각자의 몫이다. 부정하든 긍정하든, 그는 2016년 노벨문학상 수상자이다. "가수로서 시인이라는 것이 수상자 선정 이유로서 가장 주목되었던 것"이다.[1] 그는 가수이면서 시인이다. 이 단순한 사실이 밥 딜런의 고유성이다. 대중 가수이지만 그는 시인이기 때문에, 당연히, 노벨문학상을 받아도 아무런 문제가 없는 것이다. 밥 딜런의 어마어마한 작품들을 듣거나 읽지 않은, 또는 한두 히트 곡밖에는 알지 못하는, 그의 작품 세계를 잘 모르는 사람들이 아우성친다. 밥 딜런의 엉성한 노래 실력과 때에 따라 감상을 힘들게 하는 목소리의 파열 때문에 그가 가수의 자격도 제대로 갖추지 못했다고 당신은 생각한다. 당신은 대중 가수의 가사라는 것이 청자의 값싼 감정에 호소하는 일차원적 대상이라고, 밥 딜런의 가사에서 드러나는 정치적 색깔과 현대사회를 살아가는 주체 '나'의 철학적 사유 또한 그 수준이 문학작품의 그것에는 한참 못 미친다고 판단한다. 당신, 그렇다면, 밥 딜런을 버려라. 예술을 짓밟아라.[2] 노벨문학상은

---

1 임우기·오봉옥, 「'방언적 문학'은 작가나 독자 모두가 문학의 근원적 언어 의식으로서 '소리'의 생명력을 지향하는 것입니다」, 『문학의 오늘』 21호, 2016년 혁신호, p.19.

2 문단 사람들이 밥 딜런의 노벨문학상 수상에 격분하는 경우가 많았다. 다분히 감정적이었고, 다분히 격앙되어 있었다. 분노라고 판단할 수도 있을 것이다. 나는 '왜?'라는 말 이외에 달리 할 말이 없다. 매년 우리가 기대하던 우리나라의 그 시인이 상을 받지 못했기 때문에 발생하는 애국심의 뜨거운 분출이라면 이해할 수도 있을 것 같다. 머리가 나빠서 다음 발언들을 왜 하게 되는지 나는 이유가 잘 파악되지 않는다. 밥 딜런의 노벨문학상 수상에 대한 한국 문단의 들끓는 감정적 반응을 확인할 수 있

중요하지 않다. 분명한 것은, 밥 딜런은 시인이라는 사실이다. 당신의 생각 또는 판단과 상관없이, 그는 당신이 보고 듣고 만지고 냄새 맡는 좁은 이 세계에서 탈주하여, 아주 오래전에, 저 너머의, 달라서 아름다운 예술 세계에 당도했다. 그는 김수영이 말했듯이, 스스로 돌고 있는, 영구 동력 팽이이다. 밥 딜런은 가수이자 시인이다. 당신의 부정은 지금 소거된다.

3. 시 대(對) 노래

시는 노래가 아니다. 시는 음악도 아니다. 마찬가지로 노래는 시가 아니다. 음악 역시 시가 아니다. 많은 사람들이 원시종합예술을 예로 들면서, 먼 옛날부터 시와 노래는 하나였다고 말한다. 맞는 사

는 기사를 인용한다.

"국내 문인들의 반응은 대부분 부정적이다. 문학평론가인 고려대 불문과 조재룡 교수는 페이스북에 "이 포스팅에 대한 과도한 비난 사양합니다"는 단서까지 단 후 작심한 듯 노벨상의 선택을 비판했다. "노벨문학상이 밥 딜런에게? 어차피 관심이 있는 건 아니었지만 필립 로스가 받으면 좋겠다고 어렴풋이 생각하고 있었고 하루키나 뭐 다른 후보 중 누구에게 돌아가도 이유는 찾을 수 있다…… 그런데 이건 좀 웃기다. 밥 딜런? (중략) 고작 밥 딜런? 개인적으로 밥 딜런 음악을 전혀 좋아하지 않아서 그런지, 아니면 이와 별개로 몹시 기분이 나쁘기까지 하네"라고 썼다. 그러면서 "문학이 노래로 표현될 거였으면 왜 백지 위에 미치도록 글을 쓰는가? 노벨음악상? 노벨가사상? 노벨 서정적 노래 잘하기 아름다운 자연 예찬 통기타 반주상" 아니냐고 비꼬았다. 시인인 '문학동네' 강태형 전 대표도 "밥 딜런을 좋아한다. 그의 음악과 생애에 대해 존경심을 갖고 있다. 밥 딜런에게 노벨평화상을 수여했더라면 더 좋았을 것이다"라고 부정적인 반응을 보였다. (중략) 시인 조현석은 페이스북에서 "어제의 뉴스 중 가장 경악한 것은 미국 팝 가수 밥 딜런의 노벨문학상 수상 소식이다. 문학과 여타 장르를 구분하지 못하는 노벨문학상 심사 위원들과 관련자에게 경의를 표한다. 음악 가사가 시보다 나을 때가 많다고 느낄 때도 있지만 이건 좀 아니다 싶다"고 했고, 최광임 시인은 "밥 딜런이 노벨문학상을 탔으니 다음엔 우리나라 음유시인 정태춘도 가능하다"라는 글을 페이스북에 올렸다."(신준봉, 「밥 딜런 노벨문학상 수상…반응 양분」, 『중앙일보』, 2016.10.14: http://news.joins.com/article/20723900)

실이다. 그들은 현대시에 노래의 영역이 존재하지 않는다고 얘기한다. 현대시가 노래를 잃으면서 시의 본질을 상실했다고, 그리하여 대중에게서 멀어질 수밖에 없었다는 지적이 곳곳에서 들린다. "시와 노래의 기원에 있어 근원적인 일치를 논하면서 양자 간의 합일의 가치를 당위적으로 매김"하는 것, "반복되는 실수"이다.[3]

현대시가 노래와 분리되었기에 현대시가 되었다는 사실은 말하지 않고, 노래를 복원해야만 시의 부활이 이루어질 것이라는 이상한 주장은 곧장 시와 노래의 결합을 요구하는 것으로 나아간다. 다시 말하지만, 시는 노래가 아니고 노래는 시가 아니다. 시와 노래는 과거에는 결합체였지만, 지금은 서로 다른 독자적 예술이다. 가수가 시를 노래로 만들어 부른다고 해서 시와 노래가 합체되지는 않는다. 시인이 자신의 시를 노래로 부른다고 해서 그토록 부르짖는 시와 노래의 일치가 실현되지도 않는다. 시와 노래는 다르다. 하지만 시 속

다른 한쪽의 반응은 수긍한다는 말로 요약할 수 있을 듯하다. '문학에 대한 경고'로 집약되는 이 판단은 대부분 원로(?) 시인들이 담당하고 있다. 시는 원래 노래였다, 시인은 태초부터 가수였다는 명제를 본다. 밥 딜런이 가수라는 사실을 부각시키면서 시가 되찾아야 할 고유성이 바로 음악성이라는 점을 이들은 강조한다. 이들은 현시대의 시를 부정한다. 이유는 간단하다. 한국의 현대시는 산문시이고, 산문시는 음악성이 없고, 산문시는 난해하기 때문이다. 대중이 시를 읽지 않는 이유가 바로 이것이라고 그들은 오판한다. 그렇다면, 한국의 현대시가 음악성을 되찾아오면―밥 딜런의 노래처럼―대중이 시를 읽고, 시인들을 사랑하고, 시인들이 애써 마련한 시집을 구매할 것이라고 생각하는 것인가. 시와 음악이 마땅히 하나가 되어야 한다는 주장이 흘러넘친다. 나는 이러한 견해 역시 옳지 않다고 생각한다. 음악과 분리되면서 시는 '현대'라는 단어를 얻을 수 있었기 때문이다. 시의 음악성을 부정하겠다는 말이 아니다. 현대시는 음악과 결별하면서 탄생했다. 현대시가 지니고 있는 음악성은 옛날의 그 음악성이 아니다. 현대시는, 밥 딜런처럼, 가창으로 대중에게 전달되지 않는다. 현대시는 읽기의 대상이다. 현대시는 묵독의 대상이다. 현대시의 음악성은 '그 음악성'을 알지 못한다.

3 오영진, 「밥 딜런은 무엇을 발명했는가?」, 『시와 사상』, 2016.겨울, p.38.

에는 노래가 있고, 노래 속에는 시가 있다.[4]

시의 음악은 본래적인 요소이다. 노래의 시는 앞의 경우보다는 훨씬 조건적이다. 시를 노래의 가사로 사용하는 경우, 작사와 작시를 구분할 수 없는 경우 등등. 우리는 시의 음악을 리듬이라고 일컫는다. 노래의 시를 지칭하는 용어는 무엇인가. 리듬은 시에도 노래에도 음악에도 있다. 문제는 이 리듬이 같은 것이 아니라는 점에 있다. 시의 리듬은 노래의, 음악의 리듬과 같지 않다. 당연히 8분의 5, 8분의 6, 8분의 7 박자를 연속적으로 변박하는 툴(Tool)의 「Schism」이 구현한 리듬을 시는 따라할 수 없다. 시의 리듬과 음악의 리듬은 분명히 다르다.[5] 리듬의 차이가 빚어내는 것을 분별하는 것이 이 글의 목적은 아니다. 우리는 지금 시와 노래의 경계를 말하고 있다. 차이를 세밀하게 언급하는 일보다 더 중요하고 분명한 것은, 시와 음악은 공유하는 지점이 많지만, 엄연히 서로 다른 존재라는 사실이다.

시와 (대중)음악의 결합은 주장한다고, 강요한다고 이루어지는 것이 아니다. 시는 음악을, 음악은 시를 태생적으로 지니고 있다. 시

---

4 이러한 내용에 대한 자세한 예는 장석원, 『우리 결코, 음악이 되자—DJ Ultra의 시와 대중음악』(작가, 2010)을 참조.

5 "시의 리듬은 음악의 리듬이 아니다. 시의 리듬은 힙합의 비트에 기반을 둔 그 리듬이 아니다. 시의 리듬은 의미에서 단 한 발자국도 벗어나지 않는다. 소리 요소는 시의 리듬을 구성하지 않는다. 시의 리듬은 소리로 치환되지 않는다. 시의 리듬은 물리적인 음성과 무관하다. 시의 소리는 텍스트 외부로 재현되지 않는다. 시의 리듬은 기표들의 소리 놀음으로 마련되지 않는다. 모든 언어는 '기표-기의'의 필연적 연결로 구성된다. 시의 리듬 역시 언어의 이러한 본질적 특성에서 벗어나지 않는다. 시의 리듬은 기표가 붙잡고 있는 의미의 운동이다. 시의 리듬은 라임이 아니고, 반복이 아니고, 음성들의 상징적 의미 구성 요소가 아니고, 청각 영상의 물질적 쾌감 대상이 아니다. 시의 리듬이 힙합의 리듬과 다른 점이다. 음악의 리듬에는 의미가 없다. 음악의 리듬이 구현하는 아름다움과 쾌락에는 다름만이 있을 뿐 가치의 구분은 없다." 장석원, 「누가 언어의 주인인가: 시 대 힙합」, 『계간 파란』, 2018.겨울.

를 노래로 가창해야 한다는 비좁은 의견에 우리는 갇혀 있다. 시
의 음악은 리듬에서 발현한다. 시의 리듬은 음악의 그 리듬이 아니
다. 시는 음악을 포월하여 우리를 다른 세계로 초월시킨다, 밥 딜런
의 '시-노래'가 그러했던 것처럼. 우리는 밥 딜런이라는 시와 노래
의 결합체를 이제야 말할 수 있게 되었다.[6] 그는 시인이고 동시에 가
수이다. 드물지 않은 경우이다.[7] 그의 시는 '읽는 시'이기도 하고, '듣
는 시'이기도 하다.[8] 그의 시는 읽어도 뛰어난 시이다. 그가 노래로
들려주는 시는 읽는 것 이상의 새로운 예술적 체험을 선사한다. 우
리는 지금 '읽는 시'와 '듣는 시'('목소리-시')가 같을 수 없다고 말했
다.[9] 밥 딜런은 '읽는 시-듣는 시'를 실현시킨 예술가이다. 밥 딜런의

---

[6] 밥 딜런의 예술 세계를 시와 노래의 완벽한 일치라고 파악한 손광수의 예리한 지적
을 우리는 되새겨야 한다. 그는 밥 딜런 예술의 특징을 다음과 같이 요약한다. ① 밥
딜런의 노래는 시와 노래 사이 경계를 파괴한다. ② 그의 노래가 지닌 시적인 힘은 지
면이 아닌, 가사가 공연으로 실현되는 과정에서 나온다. ③ 그가 실현한 시와 노래의
결합은 고급 예술과 대중 예술을 가로질러 새로운 미학적 공간을 연다. 이것은 완벽
한 혼종(hybrid)이다. 손광수는 이러한 밥 딜런의 예술 특징을 "순수예술과 상업 문
화 양자의 한계를 직시하면서 진지한 예술성과 대중성을 결합하는 미학적 민주주의
의 방향을 지시한다"고 평가한다.(손광수, 『음유시인 밥 딜런: 사랑과 저항의 노래 가
사 읽기』, 한걸음더, 2016, pp.17-19 참조.) 손광수의 저서는 밥 딜런의 예술이 지니
는 가치를 온전히 이해할 수 있도록 우리를 안내하는 정교한 지도이다.
[7] 노래로 시를 쓰고 있다고 내가 생각하는 아티스트들. Tracy Chapman, Emily Jane
White, King Crimson, Pearl Jam, Victor Choi, Doors, Quella Vecchia Locanda,
Velvet Underground, Suzanne Vega, 시인과 촌장, 김두수, 동물원, 김광석, 양희은,
현인…… 아, 헤아릴 수가 없는 별들, 시들, 시인들이여.
[8] '읽는 시'와 '듣는 시'의 개념에 대해서, 그리고 이러한 두 세계의 결합을 밥 딜런이
어떻게 완성시켰는가에 대한 자세한 논의는 손광수의 『음유시인 밥 딜런: 사랑과 저
항의 노래 가사 읽기』, pp.65-91를 참조하라. 그는 밥 딜런의 텍스트들이 이 두 가지
특성을 구현한, "음악을 통해 듣는 동시에 시로 읽을 수 있는" 새로운 텍스트라고 말
한다.
[9] 오영진 역시 밥 딜런의 텍스트들이 읽는 시와 노래로 불리는 시로 분리된다고 말한

'시-노래'가 결합되는 과정은 다음과 같다. 밥 딜런의 작품을 두고 벌어지는 서로 다른 견해들의 충돌을 해소할 수 있는 관점이 여기에 있다.

　"1) 먼저 딜런은 시적 텍스트를 쓰고, 2) 다음으로 이 시를 박자에 맞춰 목소리로 다시-쓴다. 3) 마지막으로 딜런은 노래를 통해 그 자신을 씀으로써, 일련의 경쟁하는 페르소나들을 구성한다." 레볼드의 견해는 밥 딜런의 시가 가사에만 있다는 관점이나 가사는 음악에 종속되는 것이라는 관점 둘 다를 재고하게 한다.[10]

4. 밥 딜런의 시

　다시 말하지만, 밥 딜런의 문학을, 나는 이 자리에서 말할 수가 없다. 그는 아직 작품을 쓰고 있고, 공연을 하고 있다. 그가 지금까지 남겨 놓은 방대한 텍스트의 양을 포괄하는 어떤 단어나 문장을 나는 아직 알지 못한다. 밥 딜런의 작품 중에서 다음 시를 읽는다.

　당신이 태양을 가로질러 미친 듯이 웃고, 돌고, 흔드는

　그 소리를 듣는다 해도 그것은

　그 누구를 목적으로 하는 것이 아니에요

다. "지금까지 밥 딜런의 노래에 대해 분석하지 않은 이유는 목소리-시를 분석할 적절한 방법을 구하지 못했기 때문이다. 문자-시 독해와는 근본적으로 다른 접근이 필요"(「밥 딜런은 무엇을 발명했는가?」, p.40)하다는 지적에서 우리는 밥 딜런의 읽는 시와 그의 듣는 시를 수용하는 과정에 다른 기준이 반드시 적용되어야 한다는 사실을 깨닫는다. 분리되어 있지만, '시적인 것'의 영역 안으로, 읽는 시와 듣는 시는, 다시 통합적으로, 수렴될 수도 있을 것이다.

10 손광수, 『음유시인 밥 딜런: 사랑과 저항의 노래 가사 읽기』, pp.29-30.

나는 단지 탈주하는 중이에요

하늘 이외에는 마주칠 담장이 없어요

만약 당신이 펄쩍 뛰어넘는 운율의 얼레 소리

희미한 그 소리 들는다면 당신은 탬버린으로 박자를 맞춰요

누더기 걸친 광대가 뒤에 있을 뿐이에요

나는 조금도 신경 쓰지 않아요

당신이 본 것은 그가 쫓고 있는 그림자일 뿐

헤이! 미스터 탬버린 맨, 날 위해 연주해 줘요

잠도 오지 않고, 갈 곳도 없어요

헤이! 미스터 탬버린 맨, 날 위해 연주해 줘요

짤랑짤랑 울리는 아침에 당신을 따라갈 거예요

내 마음의 둥근 연기 고리 사이로

나를 데리고 사라져 줘요

안개 낀 시간의 폐허를 내려가

저 멀리 지난 시간 속 얼어붙은 잎사귀들

공포에 떠는 으스스한 나무들

바람 부는 해변 밖으로

미친 슬픔이 뒤틀린 곳보다 더 멀리 떨어진 곳으로

그래요, 한 손을 자유로이 흔들며

다이아몬드 하늘 아래에서 춤추며

바다에 내 그림자 비치는, 모든 기억을 지닌 채,

소용돌이치는 모래 해변으로

그리고 운명은 파도 아래 깊은 곳으로

질주하는 것

내일이 올 때까지

오늘을 잊게 해 줘요

미스터 탬버린 맨

　　　　　　　　　　　—Bob Dylan, 「Mr. Tambourine Man」 부분[11]

번역된 한국어 텍스트는 밥 딜런이 공연(live) 때마다 다르게 부르
는, 살아 있는(alive) '노래-시' 또는 '듣는 시'가 아니다. 우리는 밥 딜
런의 시를 '읽는 시'로 바라본다. 텍스트의 배경을 안다 해도 이해하
기 어려운 작품이다. 시인은 일관성을 거부한다. 시인은 현실 너머
로 달려간다. 이해를 도모하지 않는다. 시인은 탈주하려고 하는 의
지를 드러낼 뿐이다. 우리는 밥 딜런의 몇몇 비유가 시인들의 시에
결코 뒤지지 않고, 오히려, 시인보다 뛰어난 경지를 펼쳐 보이고 있
다는 사실을 확인한다. 안개 낀 시간의 잔해들이 보인다. 폐허 뒤로
과거의 이미지들이 나무와 잎사귀 형상으로 시각화되었다. 새로운
부정체가 되기 위해 한 번도 멈춰 선 적이 없는 밥 딜런의 정신이 혼
란스러운, 질서로 규정되지 않는, 다층적 이미지 때문에 모호한, 의

---

11 밥 딜런, 『밥 딜런: 시가 된 노래들, 1961-2012』, 서대경·황유원 역, 문학동네,
2016, pp.365-367 참조. 인용한 시는 이 책에 실린 번역 텍스트를 토대로 하여 필자
가 수정한 것임. 이 책의 번역 결과를 일일이 언급하기란 불가능에 가깝다. 노벨문학
상 결과 발표 이후 급작스럽게 출간된 책이 지닐 수밖에 없는 한계가 분명히 있을 것
으로 생각된다. 한 가지 예를 들어 본다. 「It's Alright, Ma」를 이 책의 번역가들은 "괜
찮아요, 엄마"로 번역한다. 손광수는 같은 제목을 "괜찮아, 자기야"로 번역한다. 밥
딜런이 흑인 인권 운동에 관심이 많았고, 흑인 음악에 영향을 많이 받았다는 사실을
고려할 때, 흑인들이 속어로 자주 사용하는 말 'ma'는 '엄마'보다는 'pretty, cute or
hot girl'을 의미한다고 보는 것이 더 정확하다. 손광수의 번역이 자연스러운 이유이
다. 작품 전체 맥락을 보아도 '엄마'보다는 '자기야'가 어울린다.

미의 단일화를 거부하는, 현대시의 특성을 제대로 드러낸다.

1964년 '뉴포트 포크 페스티벌(The Newport Folk Festival)'에서 부른 밥 딜런의 라이브를 듣는다. 하모니카 조율, 청중과 나누는 대화, 그들의 소음과 소음 뒤에서 기타를 치며 하모니카를 불며 그가 연주한다. 그가 노래한다. 기타 반주에 맞춰, 부르는 듯 낭송하는 듯, 밥 딜런은 비음 섞인 고음으로 청중을 쳐다보며 자신이 쓴 시를 노래로 부른다. 그가 노래하는 순간, 듣는 시는, 읽는 시가 표현하지 못했던, 새로운 강세를 창출한다. 머리카락을 붙드는 그곳의 바람, 청중의 숨죽인 반응, 그의 하모니카를 주시하는 청년들의 진지한 표정. 밥 딜런의 하모니카는 칼처럼 노래를 잘라 낸다. 완성된 것, 기성의 것, 정해진 규범을 깊게 찌르는 하모니카가 춤을 춘다. 'disapearing'을 힘주어 발음하고, 노래 후반부의 'today'를 길게 늘어뜨린다. 노래가 끝날 즈음의 마지막 'jingle jangle'을 빠르게 발화하고 노래를 서둘러 마무리한다. 같은 텍스트를 노래로 부를 때마다 밥 딜런은 다르게 부른다. 텍스트는 고정되어 있지만, 단 한 번도 실제 공연에서, 레코드를 돌리듯이, 같게 부른 적이 없다. '노래-시(듣는 시)'가 '읽는 시'와 다른 점이다. 읽는 시를 쓰는 시인 밥 딜런과 듣는 시를 부르는 시인 밥 딜런의 분리와 결합을 우리는 인정해야 한다. 노벨문학상은 두 가지를 동시에 실현시킨 아티스트 밥 딜런에게 주어졌다. 가수 밥 딜런의 본명은 로버트 앨런 짐머맨(Robert Allen Zimmerman)이다. 가수가 되려고 했을 때, 그는 시인 딜런 토마스(Dylan Thomas)의 이름에서 자신의 예명(藝名)을 가져온다. 밥 딜런, 그는 가수이면서 시인이다. 'Dylan' 다음에 숨겨진 이름 'Thomas'를 우리는 알고 있다. 이름에서 알 수 있듯이, 밥 딜런에게는 시인 딜런 토마스가 숨 쉬고 있다.

그의 노래 「Love Is Just A Four Letter Word」를 듣는다. 사랑은 단지 네 글자짜리 단어야. 저곳, 외부를 구불구불하게 펼쳐 놓은 카페의 유리창, 날이 밝아 오는데, 고양이들이 야옹야옹 울고 있는데, 사랑은 네 글자로 만든 흔한 단어이지만, 그 사랑 때문에 생의 어떤 것들이 휘발하는 순간, 사랑은 끝났어도, 다시 시작되지 않는다 해도, 영원히 나를 지배하는 무서운 운명이라는 것을…… 곱씹는다. 이것이 우리가 읽고 듣는 밥 딜런의 시이다.

메탈리카(Metallica)의 2017년 1월 11일 내한 공연. 음악이라는 시간예술의 물리적 힘을 각인하고 있는 몸을 움직이며 헤드뱅잉하며 감상했던 노래 「The Day That Never Comes」. "Love is a four letter word/And never spoken here/Love is a four letter word/Here in this prison". 사랑은 네 글자 단어, 이곳에서는 아직 말해지지 않은 말, 사랑은 네 글자 단어, 여기 감옥 속에서 사랑은…….

짐 모리슨—시와 죽음
Jim Morrison

음악이라는 '인식의 문'[1](밴드 'Doors')을 통과하는 순간 많은 사람들이 짐 모리슨을 만난다. 술과 음악을 함께 즐길 수 있는 바의 이름으로 '도어즈'는 대학가 근처—예컨대 신촌의 '도어즈'는 나에게 압도적 볼륨으로 청각기관을 학대한 곳으로 기억되는데, 여기서 나는 헤비메탈을 들을 때 왜 헤드뱅잉이 필요한지 알게 되었고, 성균관대 앞의 '도어즈'의 문 안쪽에서는 직장인들로 보이는 사오십대 남자들이 1970-80년대의 팝 음악을 '떼창'으로 호응하는 재미있는 광경이 여전히 펼쳐진다—에서 애용되는 상호이다. 뮤지션 짐 모리슨을 알고 있는 사람들은 꽤 많지만, 그가 시인이었다는 사실을 아는 사람은 그리 많지 않은 듯하다. '도마뱀 왕(The Lizard King)'으로 불렸던 짐 모리슨은 '3J'로 불렸던 재니스 조플린(Janis Joplin), 지미 헨드릭

---

1 윌리엄 블레이크(William Blake)의 시 「천국과 지옥의 결혼(The Marriage of Heaven and Hell)」의 한 구절로, 밴드 이름이 여기서 나왔다.

스(Jimi Hendrix)와 함께, 자살로 생을 마감한 천재 음악가 중의 한 사람이다. 내가 아는 짐 모리슨은 니체와 랭보와 조이스를 사랑했던, 파괴적이고 염세적인 노래를 부르다가 풍기문란죄로 구속되는 등 1960년대 히피 문화의 첨단에 섰던 가수이기 이전에, 시를 쓰고 시집을 내고 자신의 시를 노래로 불렀던, 청년 시인이었다.

나 역시 대학생 때 짐 모리슨을 만났다. 도어즈의 음악을 몇 곡 알고 있었다. 올리버 스톤의 「도어즈」를 봤다. 맥 라이언이 애인 역할을 맡아서 갸갸갸 웃을 수밖에 없었다. 그들의 노래 「Riders on The Storm」이 흐르는 인상적인 인트로 신의 선명한 이미지가 음악의 신비감을 더해 주었던 영화. 도어즈의 미끄러운 올갠 사운드와 끈끈한 짐의 목소리를 황홀하게 느꼈다. 이후 커트 코베인(Kurt Cobain) 때문에 소음의 세계에 발을 디뎠던 어느 봄날 자살한 코베인을 추모하기 위해 대학생들이 코베인의 영정 사진이 인쇄된 대자보를 벚꽃 아래에 붙이는 광경을 보고 나는 경악했다. 짐과 커트가 굉장히 닮았다고 느꼈기 때문이다. 용모의 비슷함 때문이 아니었을 것이다. 자살할 수밖에 없었던 천재 뮤지션들이라는 점이 가슴에 꽃잎 소용돌이를 일으켰다. 나는 청춘을 위해 이런 글을 썼다. "Doors의 리더 짐 모리슨은 시집을 냈던 시인. 그리고 그는 가수. 그의 별명은 도마뱀왕. 인류가 지닌 파충류에 대한 적개심. 이브를 악에 빠뜨린 뱀. 짐은 도마뱀의 왕. 시대가 영웅을 만들듯 그는 시대의 자랑스런 파충류. 파충류에게 내보이는 공공연한 혐오. 헤이 花蛇. 이봐 짐. 월남전이 한창이라구. 밀림에 숨은 베트콩을 색출하기 위해 옐로우 레인을 뿌리고 있다구. 한국이라는 나라의 화이트 호스 부대원들은 고엽제도 두려워하지 않는다는데…… 아버지의 고엽제, 나의 뒤틀린 몸통. 고통도 시대와 더불어 서서히 소멸해 가고 있다. 햇빛 속에서 서서히 말라 죽을 파충류의 운명, 나의 운명. 불타는 네바다에서 죽고 싶었던 짐 모리슨. 그는 자신의 소멸을 앞당겨 운명에 대항했다. 그의 사인은 약물 과다 복용 → 심장마비."[2] 그러니까 도어즈와 짐 모리슨은 내게 시의 텍스트였던 셈이다.

폭풍을 타고 오는
폭풍을 타고 오는
방랑자
우리가 태어난 집안으로
우리가 던져진 세상 속으로
뼈다귀를 갖지 못한 개처럼
홀로 남은 배우 같은
폭풍의 방랑자
길 위에 살인자가 있고
그의 두뇌는 두꺼비처럼 꿈틀거리는데
그대에겐 긴 휴일을
당신의 아이들에겐 즐거운 놀이를
만약 당신이 그에게 한번 타 보라고 한다면
달콤한 기억은 사멸하겠지만
길 위의 살인자여
남자를 사랑하는 소녀여
남자를 사랑하는 소녀여
그의 손을 잡고 그를 이해해 봐

---

2 장석원, 「소멸의 초읽기」, 『다층』, 2002.봄, pp.165-166.

세상은 너의 선택에 달려 있어

우리의 생은 절대로 끝나지 않아

너의 남자를 사랑해 봐

—Jim Morrison, 「Riders on The Storm」 부분

음산한 짐의 목소리가 좋다. 우리 곁으로 다가오는 살인자의 숨 죽인 발자국 소리 같은 빗줄기를 혼음(混飮)하자 음파의 뒤쪽으로 짐 모리슨이 사라진다. 브레이크 소리, 비명 소리. 기타와 피아노가 폭풍 속 방랑자의 시선처럼 천천히 우리의 귀를 조여 온다. 무슨 일이 일어날까. 오늘 밤 사랑은 어떤 결과로 끝날까. 우리의 생은 절대로 끝나지 않을 것이다, 사랑이 죽음으로 귀결된다고 해도. 폭풍이 서쪽에서 몰려오고 있지만, "우리가 던져진 세상"에는 죽음이 편만하지만, 오늘 밤은 폭풍과 함께 다가오는 방문객을 기다리자. 짐 모리슨 앞에 앉아 그의 시 낭송을 듣는다. 짐의 육성을 유튜브에서 감상할 수 있다.

나는 궤도상의 지구를 멈추게 할 수 있다

나는 파란 차를 떠나게 만들었다

나는 나를 투명하게도 작게도 만들 수 있다

나는 거대해질 수도 가장 먼 사물이 될 수도 있다

나는 자연의 운행을 변경할 수 있다

나는 시공간의 어느 지점에나 나를 위치하게 할 수 있다

나는 죽음을 호출할 수 있다

나는 다른 사람의 마음속에서

내 마음의 가장 깊은 곳에서

다른 세상의 사건들을 지각할 수 있다

나는 할 수 있다
나는 존재한다

—Jim Morrison, 「Power」 부분

짐 모리슨은 어떤 힘을 갖고자 했던 것일까. 그에게 힘은 왜 필요했을까. 그는 변화를 갈망한다. "가장 먼 사물"이 되어 이곳에서 가장 먼 곳의 사건들까지 인지할 수 있는 능력을 지니게 되었을 때, 그는 어떤 노래를 불렀을까. 그는 자신에 대한 저주를 잊지 않는다. 그는 자신을 왜곡시키고 싶어 끓어오른다. 그가 원하는 힘의 강렬도만큼, 그는 채워지지 않는 갈증처럼 그를 지치게 만드는, 어떤 힘을 느꼈을지도 모른다. 시공간을 우그러뜨리고 자신의 생을 멈추기 위해 그는 시를 쓴다. 그는 죽음이 창궐하는 당대를 폭파하기 위해 오른손에는 권총을 쥐고 왼 손가락 사이에는 마리화나를 끼우고 피를 머금은 살인자의 장미를 문신한 채 뱀의 몸으로 노래를 부른 시인이었다. 노래도 시도 자신을 표현하지 못한다고 생각했을 때, 기다렸다는 듯이 약물로 자신을 파괴하였다.

나와 나의 아! 엄마와 아빠 그리고 할머니와 할아버지는 모두 새벽에 사막으로 드라이브했고, 인디언 노동자들을 가득 실은 트럭이 다른 차와 충돌했고, 왜 일어났는지 모르지만, 죽음이 흘러내린 듯이, 고속도로 여기저기에 인디언들이 흩뿌려졌다.
잡아당긴 듯이, 차가 멈췄다. 처음으로 맛본 공포. 나는 네 살 정도의 꽃 같은 아이였고, 머리카락은 미풍에 부유(浮游)하고 있었다. 지금

짐 모리슨 127

그날을 생각하면서 나의 반응을 살펴본다. 돌아본다. 유령들, 죽은 인
디언들의 영혼이 보인다. 하나 또는 그들 중 몇몇이 환각처럼 내 주위
를 떠돈다. 그들이 내 영혼 속으로 뛰어든다. 그들은 아직도 그곳에 살
아 있다.

—Jim Morrison, 「Dawn's Highway」 부분

한 사람을 사로잡은 근원적인 공포의 장면. 최초의 장면에 붙들린
짐의 어깨에 죽음이 놓여 있다. 노동과 임금의 교환을 위해 어디론
가 떠나가는 인디언 노동자들의 누런 얼굴이 느리게 지나간다. 인디
언 노동자들은 예정된 죽음을 알고 있었을 것이다. 인디언 노동자들
은 죽음이 그들의 목덜미를 쥐고 흔들기 전에, 최후의 사랑을 확인
했을 것이다. 그들은 임노동자로서 어린 짐 모리슨과 조우했다. 그
들은 팔려 가고 있었다. 곧 생과 죽음이 교차될 것이다. 어떤 존재가
사람들을 사막의 고속도로 위에 뿌려 놓는가. 죽음이 짐 모리슨의
영혼 속으로 뛰어들어 그를 장악한다. 그는 죽음의 손아귀에서 벗어
날 수 없다. 나는 짐 모리슨이 겪었을 죽음의 공포 때문에 시동 걸린
낡은 픽업처럼 진동한다.

머뭇거리는 시간이 흘러가요
진창에서 허우적거릴 시간은 없어요
지금 해야 해요 우리는 패배할 수 있어요
우리의 사랑을 장례식 장작더미처럼 불태워요
그대여 나를 불붙여요
그대여 나를 불붙여요
이 밤을 불꽃 속으로 던져 넣어요

사랑하는 사람에게 사랑을 불태우자고 애원하는 짐 모리슨의 얼굴을 본다. 그에게는 두려움이 없다. 그는 소신(燒身)을 애원한다. 사랑을 "장례식 장작더미처럼" 불태우고 싶어 하는 자의 욕망이 죽은 자의 낯빛으로 개화(改火)한다. 이 자학의 열락을 위해 짐 모리슨은 자신의 모든 것을 태워 버린다. 그대와 '나'는 오늘 밤 불꽃이 되어 빛과 열이 되어 어둠 속으로 흩어질 것이다. 가난한 인디언 노동자들이 죽었다. 우리는 미지의 존재가 우리를 죽음에 몰아넣기 전에 우리 스스로 사랑의 불꽃으로 타올라 그보다 먼저 죽음을 결행해야 한다. 그것이 복수이니까. 그것이 우리의 끝이니까. 마침내 끝에 도달했다. 피할 수 없다.

이것이 끝이지, 나의 아름다운 친구여
이것이 끝이지, 나의 유일한 친구여, 바로 끝
(중략)
뱀을 올라타고, 뱀을 올라타고
호수까지, 고대의 호수까지, 그대여
뱀은 길다, 7마일
뱀을 타고, 뱀은 늙었고, 뱀의 피부는 차갑다
(중략)
파랑 버스가 우리를 부른다
파랑 비스가 우리를 부른다
기사 양반, 우리를 어디로 데려온 것인지

살인자가 새벽이 다가오기 전에 잠 깨어 부츠를 신는다
고대의 화랑에서 나온 듯한 얼굴
그가 홀을 걸어 내려왔다
그는 여동생이 살고 있는 방으로 들어갔다 그리고 그는
그의 남동생을 방문했다 그리고 그는

홀을 걸어 내려갔다, 그리고
그리고 그는 문으로 다가와 안을 들여다봤다
아버지, 그래 아들아, 나는 너를 죽이고 싶어
어머니, 난 당신과 씹하고 싶어
(중략)
죽여라, 죽여라, 죽여라, 죽여라, 죽여라, 죽여라

이것이 끝이다, 아름다운 친구여

—Jim Morrison, 「The End」 부분

이 찬란한 소멸의 밤에 도달하기 위해 짐 모리슨은 어떤 고통을 짊어졌을까. 그는 왜 자신을 혐오했을까. 이것이 시의 종착지라도 되는 것인가. 그는 누구를 증오했을까. 그는 누구를 죽이고 싶었을까. 짐 모리슨은 자신을 이 세상에서 '가장 아름다운 친구'라고 생각했을 것이다. 자신에게 마지막 말을 건넨다. 자신을 살해하기 전에, 짐이 짐에게, '네가 이 세상에서 가장 아름다워, 지금까지 내가 만났던 자들 중에서 네가 가장 아름다워'라고 말한다. 실행할 수 있는 가장 아름다운 복수가 바로 이것이다. '나'를 만든 사람들에게 마지막으로 사랑한다고 말하기 전에, '나'를 만든 자들에게 복수하기 위해,

'나'의 일부를 구성하는 자들에게, '나'의 사랑이 순수한 증오의 다른 이름이라는 사실을 통보하기 위해, 짐 모리슨이 선택한 것은 금기에 대한 도전이었다. 존속살해와 근친상간. 그는 성공하지 못했다. 자신을 처단하는 일 말고는 다른 어떤 시도도 없었다. 아들과 아버지는 동시에 서로를 다른 곳에서 살해한다. 그렇게 해서 현재와 과거가 한꺼번에 소멸했다.

이것이 짐 모리슨이 바라본 인간의 형상이었다. 그는 파충류가 되기를 원했다. 그는 시가 자신을 구원하지 않을 것이라는 것을 알았을까. 그의 노래는, 도어즈의 음악은 끊임없이 재생되고 있다. 그의 육체는 죽음의 문 너머로 떠났지만, 그의 고통은 우리를 인식의 문 앞으로 데려간다. 그가 시로 표현하고자 했던 죽음 앞에 도착했다.

시스템 오브 어 다운

System Of A Down

고통받는 사람들의 울음에

귀머거리가 된 지금

우리 안에

존재하는 것은 무엇인가

―System Of A Down, 「Sad Statue」 부분

카스피 해(Caspian Sea) 인근, 캅카스 산맥(Caucasus Mountains)에 둘러싸인 내륙국 아르메니아(Armenia) 출신 뉴 메탈―'얼터너티브 메탈'이라고 부르는 사람들도 있다―밴드 '시스템 오브 어 다운'의 음악을 듣다 보면 이런 질문들이 떠오른다. 왜 아르메니아인가. 이들은 왜 과격하고, 왜 급박하게 변박하는가.

아르메니아의 수도 예레반(Yerevan)으로 간다. 이들의 귀국 라이브 무대가 펼쳐진다. 1915년에 벌어진 아르메니아인 학살. 터키는 지금도 부정하는 역사. 150만 명이 죽었다고 한다. 밴드는 매몰된 역사를 기억의 장으로 옮겨 오기 위해 '깨어나라 영혼이여'라는 주제로 세계 공연을 실행했다. 고국에서 투어의 대미를 장식했다. 2015년 4월 23일이었다. 사건 이후 100년이 지났다.

4인조 밴드 '어떤 붕괴 시스템'(이하 '다운')은 2시간 넘는 시간 동안 40여 곡을 노래하고 연주한다. 비 쏟아지는 광장. 관중의 환호, 환희. 「B.Y.O.B」를 듣는다. 관객들 떼창 발사! 기타리스트이자 작곡자

이며 두 번째 보컬리스트인 다론 말라키안(Daron Malakian)을 비추는 집중 조명. 작사가이자 리드 보컬리스트 세르이 탄키안(Serj Tankian) 등장. 노래를 주고받는 둘. 리듬이 부서진다. 박자가 바뀐다. 탁 탁 끊기는 기타 리프가 뛰어온다. 꿈틀거리는 힘. 화음에 맞춰 느려진 노래. 음악이 빨라진다. 절규하는 가수. 비명으로 끝난 노래. "아이 에 에이 아이 에이 아이 오"를 따라 부르는 아르메니아인들. 「I-E-A-I-A-I-O」가 시작되었다. 빠르게 쏟아지는 가사, 경련하는 기타, 괴성을 지르다가 랩처럼 쏘아 대다가, 모음으로 이루어진 후렴구 합창. '다운'의 음악 특징이 고스란히 드러난다. 이들의 음악은 과격하다, 소란하다, 기괴하다, 분열적이다, 파괴적이다, 급진적이다……. 그리하여, 독창적이다. 폭우 같다. 천둥과 벼락을 몰고 다니는 메탈이 퍼붓는 비와 자웅을 겨룬다. 덩실덩실 춤을 추는 탄키안. 폭주 기관차가 달려온다.

> 유령 같은 그들의 존재를 느낄 수 있는가
> 그들의 유령을 느낄 수 있는가
> 거짓말쟁이, 살인자, 악마
> 아라스 강으로 돌아간다
> 누군가의 공허한 시선이 그것을 전쟁으로 간주했다
> 거짓말쟁이, 살인자, 악마
> 아라스 강으로 돌아간다
> 자유, 자유, 자유로운, 자유로운
> 신성한 산의 소리를 들을 수 있는가
> 거짓말쟁이, 살인자, 악마
> 아라스 강으로 돌아간다

누군가 말했다 그들을 전부 빨간색으로 물들이라고

거짓말쟁이, 살인자, 악마

아라스 강으로 돌아간다

자유, 자유, 자유로운, 자유로운

그들은 모두 돌아왔다

산상에서 휴식한다

당신이 아무것도 가지고 있지 않다는 것을

우리는 이제 알고 있다

—System Of A Down, 「Holy Mountains」 부분

공연의 첫 곡이 왜 이 노래였는지 알 것 같다. 기독교가 국교인 아르메니아. 이슬람 터키의 기독교도 학살. 터키에서 발원하여 카스피해로 흘러드는 아라스 강. 아르메니아인들에게 신성한 산으로 추앙받는 아라트 산. 죽은 자들의 영혼이 머물고 있는 산록. '다운'이 터키인들을 "거짓말쟁이, 살인자, 악마"라고 부르는 이유. 아직도 진실이 밝혀지지 않았고, 터키는 역사적 사실을 부정하고, 전 세계적으로 아르메니아 학살을 인정하는 국가가 많지 않은 현실. 예술이, 음악이, 락 메탈이 역사를 끌어안는다. 진실을 밝히기 위한 험난한 도정 위에서 음악이 고발자 역할을 맡는다. '다운'의 음악이 지니는 가치가 강력하게 부각된다.

그들은 감옥을 만들려고 해요

그들은 감옥을 만들려고 해요

(중략)

난 마약을 사서 내 계집을 두드려 패

바로 여기 할리우드에서

감옥에 갇힌 미국인들이 거의 200만 명
미국의 교도소 시스템
미국의 교도소 시스템

그들은 감옥을 만들려고 합니다
그들은 감옥을 만들려고 합니다
(중략)
너와 나를 위해
그 안에서 사는 것
또 다른 수감 제도
또 다른 수감 제도
너와 나를 위해

—System Of A Down, 「Prison Song」 부분

　미국의 감옥 제도를 비판하는 노래. 할리우드로 상징되는 미국. '다운'은 시스템을 부식시키는 황산(黃酸)이다. 부글거리는 분노로 현실을 고발한다. 음악이 감옥의 창살을 절단한다. 국가가 국민을 감옥에 가두는 현실. 살기 위해 감옥에 들어갈 수밖에 없는 국민의 처지. 미국이라는 악을 향해 그들은 저주를 퍼붓는다. '기계(체제)에 대한 분노'(Rage Against The Machine)를 잇는 좌파 밴드의 출현이라 할 만하다.

　제거

죽어라

왜 내려가는가

종족 전체, 학살당했다

우리의 자존심 전부를 빼앗은 자

종족 전체, 학살당했다

빼앗겼다

보라

우리 모두 몰락한다

혁명

유일한 해결책

전 국민의 무력 대응

혁명

유일한 해결책

이제 되갚을 시간이다

인식

복원

바로 고침

인식

복원

바로 고침

(중략)

계획은 완성되었다

대학살이 일어난다

(나중에 보고 싶지 않다

너희들을)

모든 아이들을 데려갔다

그 후 우리는 죽었다

(나중에 보고 싶지 않다

너희들을)

남은 몇몇도

발견되지 않았다

(중략)

모든 것이 붕괴된 시스템에서

밑으로, 밑으로, 밑으로.

걸어서 내려간다

—System Of A Down, 「P.L.U.C.K」 부분

아르메니아인을 학살한 터키인들을 '다운'은 이렇게 요약한다. '피.엘.유.씨.케이' 즉 '정치적으로 거짓말하는 타락하고 비겁한 살인자들(Politically Lying Unholy Cowardly Killers).' 그들은 혁명을 선동한다. 모두가 '무력 대응'해야 한다. 해결 방법은 오로지 하나, 민중의 무장봉기뿐이다. 급진적인 혁명 선동이다. 문득, 부러워진다. 이런 가사가, 이런 음악이 있다는 사실 자체가. 그리고 더욱 두려워진다. 이런 가사를, 이런 음악을 시장경제 체제의 상품으로 유통시키는 자본주의의 무한한 확대. 우리의 침묵에 내장된 불안을 노래한 아름다운 발라드 한 편을 읽는다. 이상하게도, 이 시와 '다운'은 잘 어울린다.

당신에게서 멀어질 때

나는 활을 당기는 자였으나

흰 햇빛이
가슴속에서 빠져나오고 있다
소란은 정적으로 바뀌고
당신에게 겨냥된 햇빛 한 조각
맨홀 뚜껑 위로 떨어지고

재건되지 않는 세계를 바라본다

소실점으로부터 나의 눈동자까지
길게 뻗은 사람들의 평화

당신을 끌어안은 대지 위에서
색이 바뀌는 신호등을 본다

바람이 불고 있다고 믿는다
깜빡이는 노란 불빛처럼

나는 이상하고도 슬픈 활기 속으로
당신과 함께 걸어 나온다
　　　　　　　　　—김승일, 「렛 다운」(『프로메테우스』) 전문

　대학원 시절 나는 '다운'의 음악을 들으면서 품고 있는 분노의 일
부를 불태웠다. 그날, 강화도 동막 해변의 일몰 앞에서, 이어폰 속
폭풍처럼 몰아치던 '다운'의 음악은, 군대에서 콘크리트 바닥에 원산
폭격을 하고 있을 때와 비슷한 통증을 불러왔다. 분노와 증오와 혐

오와 고통이 뒤범벅되고 있었다. 춤이라도 추고 싶었는지 모른다. 현실이라는 가학과 미래라는 피학이 대결하고 있던 때였다. 우리는 미래에 현실을 저당 잡힌 채, 질서로 위장된 폭력과 사회생활로 오도된 위반과 선생, 선배의 갑질 속에서 튼튼해지고 있었다. 날마다, 길들여진 가축이 되고 있었다. '다운'은 나를 그로기 상태에서 일어서게 했다. 음악의 힘은 순수했다. 서해를 건너온 겨울 북풍처럼 우리를 깨끗하게 만들었다. '다운'의 아름다운 파워였다.

어벤지드 세븐폴드

Avenged Sevenfold

　매혹은 얼마나 근사한 말인가. 마음을 빼앗기는 일이 자주 일어 나지는 않는다. 사랑에 도취되는 일, '나'를 앗아 가는 존재를 받아 들이는 일. 어벤지드 세븐폴드(이하 '세븐폴드')가 그랬다. 세풀투라 (Sepultura)나 슬립낫(Slipknot)을 가끔 감상했지만 가까이 두지는 않 았다. 훌륭하지만, 모두 사랑할 수는 없는 노릇 아닌가. 유튜브에 서 파이브 핑거 데스 펀치(Five Finger Death Punch)를 듣다가, 우연하 게, 플러그를 꽂은 세븐폴드. 첫 만남은 싱글 「Buried Alive」였다. 발 라드로 시작해서 중반부에 메탈 리프 출현, 이후 곡의 전개를 바꾸 어 헤드뱅잉을 유발하는 노래. 여덟 살 하윤이가 머리를 흔들면서 에어 기타 연주를 보여 주는 노래. 세븐폴드의 힘과 기술이 잘 결합 된 명곡. 또렷하게 각인되는 드라마틱한 선율 뒤로 강력한 기타 연 주가 시작된다. 머리를 앞뒤로 움직여야 한다. 상승 상승 상승 중이 다. 5분 무렵, 두 번째 전환. 현기증이 찾아온다. 두개골이 덜컹거린 다. 진정이 되기 전에 전동 드릴처럼 빠르게 돌진하는 「Natural Born

Killer」. 이어드럼이 찢어질 것 같다.

　세븐폴드의 데뷔 앨범을 열어 본다. 데모 앨범 둘 이후, 2001년 첫 정규 앨범 『Sounding The Seventh Trumpet』이 발매된다. 보컬리스트 섀도우즈(Shadows)의 '노래'를 접할 수 없다. 울부짖는 보컬. 그로울링 그로울링(growling) 더하기 스크리밍(screaming)으로 불타는 메탈코어 음악을 견디고 즐기기란 쉬운 일이 아니다. 2003년 앨범 『Waking The Fallen』부터 외치기를 줄이는 세븐폴드. 섀도우즈가 노래를 부르기 시작하자 이들에게 변화가 찾아온다. 대중이 이들을 알아보기 시작한 것이다. 섀도우즈의 노래 실력을 확인한 후, 그가 한 마리 짐승처럼 그르렁거리던 음악을 듣는다. 인내력 지수의 상승과 더불어, 왜 아까운 노래 실력을 썩혔던가 하는 후회와 노래 부르기를 잘했다는 안도의 동시 병발을 경험한다. 이 앨범에는 이전 음악 색채가 남아 있다. 노래의 양이 늘어날수록 이들은 성공한다. 2005년 앨범 『City of Evil』에서 세븐폴드는 울부짖기를 '생매장'하고 모든 곡을 온전히 부른다. 많은 사람들이 세븐폴드를 사랑하기 시작했다. 상업적인 성공과 음악적 명성을 한꺼번에 획득한다. 「Beast and The Harlot」 「Burn It Down」 「Bat Country」로 이어지는 메탈 메탈 메탈. 속도감은 롤러코스터 같고, 부피는 적란운 같고, 질량은 천 톤짜리 해머 같다. 기존의 메탈 장르에서 들을 수 없었던, 끊어지지 않는 가사의 연쇄. 산문시처럼 이어지고 이어지는 문장과 연주에 청자는 난타당한다. 비스티 보이즈(Beastie Boys)의 영향을 받은 랩 신택스(rap syntax)를 메탈 음악에 적용한 새로운 시도라고 부를 만하다. 드러머 레브(The Rev)의 기관총을 쏘는 듯한 빠른 드러밍이 청량하다. 가마솥더위에 지친 여름날 저녁의 거리에서 이들의 음악을 땀에 젖은 피부 아래로 주입한다면, 당신은, 메탈릭 샤워를 하는 셈이고,

3분이 지나기 전에 차가운 쇠가 달아오른 얼굴을 식히고 있다는 사실을 확인하게 될 것이다. 세븐폴드는 시원하고 건조한 토네이도이다. 하윤이가 찾아와서, 이거는 박쥐 노래잖아, 하면서 맑게 웃는다.

음악은 주관적인 것이다. 모차르트를 듣는다고 머리가 좋아지지는 않는다. 고전음악이 아이의 정서 함양과 지능 발달에 도움이 된다는 착각에 빠진 사람도 있다. 클래식 '음악'이 아니라 그것의 고급스런 이미지만을 고가에 매입하는 사람들도 적지 않다. 음악에 등급매기기를 좋아하는 사람들. 음악의 상업적 효과만 노리는 장사꾼들. 참 많다. 어디를 가도 흘러넘치는 음악이 우리를 질식시킨다. 음악소비 시대에 진정한 음악은 찾기 어려워졌다. 내가 좋아하는 음악이 최고라는 사람들도 많다. 틀리지 않다. 가끔 남이 좋아하는 음악을 증오하고, 자기가 싫어하는 것을 좋아하는 다른 사람을 혐오하는 경우가 문제이다. 음악은 절대적인 아름다움이지만, 언제나, 확고한 주관성 속에서 작동한다. 군가를 부르면서 울어 본 경험이, 술 취해 트롯을 불러 본 적이 있는가. 아이들의 삐뚤삐뚤한 동요를 같이 부르면서 미소 짓는 사람들이 꽃피우는 행복은 어떠한가. 음악은 상대적인 것이다. "음악이란 것은 음정이나 타이밍이 아니며 이런 모든 요소들 사이의 심리적 긴장의 축적과 해소도 아니며, 심지어 연주자나 관객이 연주 중은 물론이고 이전과 이후에 어떻게 느끼는가 하는 것도 아"니다.[1] 음악은 음악 그 자체이다. "음악은 우리가 단지 귀를 통해서가 아니라 온몸으로 창조하고 듣는 어떤 것"이다.[2] 음악은 아우슈비츠에도 있었다. 올림픽 개막식장에도, 국회의원 선거 유세 트

1 세스 S. 호로비츠, 『소리의 과학』, 노태복 역, 에이도스, 2017, p.198.
2 세스 S. 호로비츠, 『소리의 과학』, p.193.

력에도, 열병하는 연병장에도, 촛불을 든 광장에도 있다. 음악은 내 가슴 앞 스피커에서 흘러나오고 있다. 음악은 나의 귀로 들어와서 전기신호로 바뀐 후 대뇌에서 감정과 가치로 귀결되겠지만, 그것만으로 음악의 시작과 종말을 말할 수는 없다. 음악은 과거와 현재 사이, 모든 곳에, 모든 것에 거주한다. "어떤 사람이 힙합 밴드인 퍼블릭 에너미나 록 성향의 트렌트 레즈너의 음악을 매우 시끄럽게 자주 트는 가정에서 행복한 어린 시절을 보냈다면, 이지 리스닝 음악의 유의성을 긍정적으로 보기는 어려울 것이다."[3] 음악의 아름다움과 가치는 정해져 있지 않다. 어떤 음악이 나에게 '행복'을 주었다면, '그 음악'이 아름다운 음악이다. 여덟 살 하윤이는 행복을 준 밴드들 중 하나로 세븐폴드를 기억할 것이다. 먼 훗날 세븐폴드를 다시 듣게 된다면, 그때도 헤드뱅잉하면서 아빠 얼굴을 행복하게 떠올릴 것이다. 음악은 그 순간에 존재할 것이다. 하윤이가 두 번째로 좋아하는 세븐폴드의 노래는 「Nightmare」이다.

2009년 천재적인 연주를 보여 주었던 드러머 레브가 약물 과다복용으로 사망한다. 그의 나이 스물여덟이었다. 세븐폴드는 새 드러머로 드림 씨어터(Dream Theater) 출신 마이크 포트노이(Mike Portnoy)를 영입한다. 앨범 『Nightmare』에는 프로그레시브 메탈 드럼의 거목 마이크 포트노이의 맹렬한 드럼 불꽃이 작렬한다. 다양한 성향의 음악이 포진한다. 피아노와 현악 반주가 돋보이는 파워 발라드 「Fiction」과 「Acid Rain」, 프로그레시브 메탈 「Save Me」 등등. 다양성으로 나아가는 세븐폴드의 장르적 확장력은 이들이 메탈을 중심에 두고 매 앨범마다 새로운 장르의 음악을 흡수하면서 진보하고 있다

---

3 세스 S. 호로비츠, 『소리의 과학』, p.216.

는 사실을 일러 준다.(그들 음악의 놀라운 다양성의 한 예로 「A Little Piece of Heaven」을 들 수 있다. 관현악을 동원한 뮤지컬을 시도한다.)

그리고 이별 노래. 사망한 친구 레브를 추모하는 곡. 이제 사랑하는 너를 놓아줄게. 너는 너무 멀리 떠났구나. 그곳에서 나를 기다리겠지. 너는 영원히 우리 안에 살아 있을 것이야. 너를 사랑해. 죽음 앞에서, 이별 뒤에서 음악이 사람을 안아 준다.

마지막 노래, 마지막 요청
완벽한 한 곡이 아직 남아 있어

때때로 나는
내 마음속의 한 곳
네가 영원히 머물 수 있는 곳
그곳을 찾으려고 노력하는데
그곳에서 넌 영원히 깨어 있겠지

사랑하는 사람 없이 내가 어떻게 살 수 있을까?
책장이 넘겨지듯 시간은 여전히 흘러가네
불타오르네
내 마음속에 네가 있던 그곳, 그때

너를 사랑해
너는 떠날 준비가 되었구나

고통은 강한 것 불쑥 솟아나는 것

신이 허락할 때 다시 널 볼 수 있겠지

너의 고통이 사라지고 있어

너의 손에서 결박이 풀리고

너무 먼 곳에

너는 너무나 먼 곳에

너무나 먼 곳에서 나를 기다리는구나

— Avenged Sevenfold, 「So Far Away」 부분

　음악이 생의 의미가 될 수 있을까. 지나간 삶을 두고 외로웠다고 말해도 되는 것일까. 결코 그렇지 않으리라. 음악 때문에 나는 이곳에 도달한 것이다. 음악 때문에 '질병 같은' 인생을 견딜 수 있었다. 이현승의 작품에서 시어 '의미'를 음악으로 바꾸어 본다. "암술에 도착한 꽃가루" 같은 "하나의 기적"이 음악이다. "막 암술에 도착한 꽃가루 같은" 음악이 나를 기다린다.

나는 전생을 믿지 않고

다시 태어나고 싶다고 생각하지 않을 만큼

철두철미한 현실주의자이지만

코끝 벌름거리게 하는 간지러운 봄바람에 날려

막 암술에 도착한 꽃가루 같은 생을 생각하니

삶이란 늘 의미에 목말랐던 것이다.

미래를 잃어버린 사람들이란 속류 쾌락주의자이며

진정한 미래주의자는 비관주의자의 얼굴을 하고 있지만,

우리에게 꽃가루만큼이라도 의미가 필요하다면
처세의 철학보다는 파산이나 암 선고가 더 빠를 것이다.

암술에 도착한 꽃가루란 하나의 기적이다.
다시 해 볼 것도 없이.

—이현승, 「은유로서의 질병」 부분

데프톤즈
Deftones

아내와 백석역 근처 '엘비스'에 갔다. 토요일 밤이 깊어 가는데, 취객들은 젖어 들고, 빈 맥주병이 늘어 간다. 락 메탈의 초보자인 그녀에게 데프톤즈의 음악을 들려준다. 그 바에 데프톤즈의 앨범은 없었다. 사장은 유튜브를 열어, 공간에 음악을 채운다. 「Passenger」가 다가온다. 아내는 호감을 표시한다. 치노 모레노(Chino Moreno)의 목소리가 매력적이란다. 데프톤즈의 하드니스(hardness)는 뒤로 물러난다. 유광(流光) 같은 목소리가 어둠을 절편(切片)으로 만들고 있었다. 술을 부르네, 이상한 퇴폐네. 맞는 말이다. 그녀가 덧붙인 말. 내면의 감각과 감정을 뜯어내는 것 같아. 내가 하고 싶었던 말이었다. 슬픔과 분노가 기묘하게 뒤섞인 노래 속에서 나는 휘발된다. 가습기가 뿜는 분무(噴霧)처럼 「Lucky You」가 다가온다.

데프톤즈의 음악을 즐기기 위해서는 적응 시간이 필요하다. 그들의 음악은 시끄럽다. 징 징 울리는 기타 한 대가 음악을 장악한다. 입력 신호는 3인데 출력 신호는 9쯤 되는 듯하다. 엄청난 증폭이다.

어둠 속에서 우르릉거리는 리듬. 치노 모레노의 오로라 같은 목소리. 어울리지 않는 요소들이 중력장 안에서 하나가 된 듯하다. 그들의 음악에 '얼터너티브 메탈'이나 '아트 메탈'(다양한 장르 명칭을 뭉뚱그리는 용어로 '하드 코어'도 있지만) 같은 용어를 사용하는 이유가 여기에 있다. 데프톤즈의 음악은 이질적인 것들의 잡종교배로 탄생한 괴물이다. 「Hexagram」에서 치노는 저주를 퍼붓는다. 그는 찢어진다. 그의 노래가 두개골을 열 것 같다. 그는 악마일지도 모른다. "계속 듣는다면 당신은 십 리 밖에서도 들을 수 있"을 것이다. 짐승의 울부짖음. 데프톤즈의 음악이 "거리를 흰 페인트로 칠"할 것 같다. 백색소음이 몸을 파고든다.

8월 10일
모래 얼굴처럼 사라진
그대 모래성에서 시작되었다가 죽어 쓰러진 사랑
치노, 치노, 치노……
여름의 중심에서 준동하는 겨울
그건 기표의 향기이다
툭 끊어지자 모래가 밀려들었다.

—장석원, 「두 겹의 진실」(『아나키스트』) 부분

나는 '치노'라는 실재를 기표로 사용했다. 치노가 나를 표백한다. 그때 나는 아마도 그들의 첫 앨범 9번 트랙 「Engine Number 9」을 듣고 있었을 것이다. 망치로 유리를 깨부수는 느낌. 선명한 파괴. 깨져 흩어진 파편. 나는 "여름의 중심에서 준동하는 겨울" 같은 분열을 경험했다. 내가 사용하는 단어 하나하나가 '치노'로 치환된다. 기표가 의미를 잡아먹는다. 데프톤즈의 가사는 난해하다. 맥락이 없다. 우리의 일상 감각 안에서 의미 파악이 어렵다. 우리가 의미의 인지를 돕기 위해 텍스트에 가상으로 설정하는 시공간이 일그러져 있다. 문장과 문장이 이어지지 않는다. 「7 Words」에서 치노 모레노가 외치는 단어 '썩(suck)'은 모든 의미를 격파한다. 따라 부른다. 흥분이 찾아온다. 허리를 숙이고 머리를 흔들면서 외친다. "그들이 내 머릿속을 퍼킹해." 절망할 겨를이 없다. 노래의 분노에 나의 분노를 얹어 본다. 절규가 음악을 뭉갠다. 아드레날린이 치솟는다.

> 나는 너를 더 많이 맛봐
> 이빨 맛은 빼고
> 붉은 가죽 위의 흰 피부
> 우리가 지닌 발톱을 살펴봐
>
> 밤, 충치, 들어와
> 번화가, 조랑말, 절정 위로
>
> ─Deftones, 「Korea」 부분

위의 텍스트를 초현실주의라고 말하지 마시길. 가사를 이해할 수 없으니까 난해하다고 말하지 마시길. 그래서 골 때리는 이상한 놈들이라고 욕한다면, 당신을 남들이 '꼰대'라고 할지도……. 예술이 우리의 일상 경험과 감각 안에서, 반드시, 작동해야 한다는 고집은 자주 광신(狂信)으로 변질된다. 그 조건에서 벗어나면 '저질이다, 나쁘다' 같은 공격을 자행한다. 좀 점잖은 분들은, 대중이 받아들이지 못하는데 대중이 좋아하지 않는데 그런 예술이 과연 좋은 것인지 필요한 것인지 모르겠다, 이렇게 가르치신다. 그런 사람들에게 예술은 필요하지 않다. 살짝 욕이나 하고 도망가면 된다. "꺼져 버려!(Fuck Off!)"

당신은 내가 원하는 것처럼 다가오네
나를 바라보는 당신의 눈처럼 나도 바라보네
우리는 계단 아래에서
아무도 우리를 볼 수 없는 그곳에서
새 삶을 시작해요

오늘 밤
나는 당신을 더 느끼고 싶어
오늘 밤 나는

당신이 물을 데워 놓았어요
당신은 낯선 것을 맛보네요

　　　　　　　　　　　　　—Deftones, 「Digital Bath」 부분

　솜털에 닿는 노래. 느리게 건너온다. 얇고 가볍다. 그런데 이상하게 끈적하다. 치노 모레노이기 때문이다. 온몸에 묻은 물이 마르지 않을 것 같다. 관능적이다. 한잔하고 싶다. 레너드 스키너드(Lynyrd Skynyrd)의 명곡 「Simple Man」을 치노 모레노가 노래한다. 이 아름다운 작품 속 그의 맑은 고음은 천사를 우리 눈앞에 데려온다. 앨범 『B-sides & Rarities』에 같이 실린 「No Ordinary Love」는 원곡자인 샤데(Sade)를 기억에서 내몬다. 그의 가느다란 고음은 샤데보다 더 여성적이다. 양성(兩性)의 경계를 가뿐하게 삭제하는 목소리. 중성이 아니다. 여성도 남성도 아니다. 이분법을 비웃는 치노 모레노의 하얀 음성이 어둠의 표면을 긁어낸다. '스크래치 컬러링'이 떠오른다. 노래가 끝나자 유채색 불빛이 피어오른다.

고물상 의자에 앉아 폐전구를 씹는 소년, 눈길이 닿는 곳마다 어둠
이 밀려난다

빛과 어둠이 서로를 짓누르고 있는 것처럼
고철 사이에서 눈을 뜨고 있는 희망을 이해할 수 없다

손가락이 모자라면 팔로 팔이 모자라면 어깨로 소년은 짐을 나른다

그림자가 그늘을 빠져나가고 있지만 나뭇잎이 온몸을 떨고 있지만

보이는 것이 무엇을 의미하는지 알 수 없다

젖은 장갑을 낀 채 절단기 속으로 몸이 반쯤 잠긴 소년, 말없이 밥을
먹던 가족을 떠올렸다

하나로 뭉칠 수 없는 것

빈 의자에 앉아 골목을 바라보면 세상의 모든 무게가 나를 응시하는
것 같다

손가락이 담긴 장갑이 하수구를 지나는 밤

어느 골목으로 빠져나갈지 모르지만 어떤 향기를 피워 올릴지 모르
지만

소년은 끝나지 않는 현실처럼
나의 체온이 된다

—정우신, 「플라즈마」(『비금속 소년』) 전문

데프톤즈의 음악을 듣다가 이 시가 떠올랐다. 작년에 첫 시집을
발간한 젊은 시인의 섬뜩한 시이다. 시인이 감춰 둔 서슬 퍼런 분노.
뒤따르는 곡 「Elite」가 폭탄 같다. 다음 트랙은 「Teenager」이다. 정우
신이 우리에게 선사한 이미지가 심장을 관통한다. 아프다. 시인은
더 많은 고통에 시달릴 것이다. 시인보다 더 아픈 자는 없을 것이다.
정우신의 '소년'은 "끝나지 않는 현실" 속에 갇혀 치노 모레노처럼
울부짖는다. 악마와 천사가 하나가 된다.

다시, 데프톤즈—우리가 그린 심화(心畫)

Deftones

*

그리움도 목마름도 사라진 저녁의 입구. 데프톤즈가 어깨 너머에서 파열한다. 그들은 언제나 고요를 데려온다. 몽상과 평화. 잿빛 구름들 가득하다.

눈발이 흩날렸다. 후드득 새들이 날아갔다. 차고 습한 바람이 얼굴에 달라붙었다. 다른 사람의 그림자를 느꼈다. 돌아간 나의 마지막 표정이 궁금했다.

잠깐.

*

치노가 온다. 커지는 열망과 욕정을 베어 물려고 그가 이 밤으로 진입한다.

눈이 내릴까. 눈은 또 내릴까. 내린 후에 더 내릴까. 눈 위에 나는
누울까. 눈이 나를 지울까. 지워진 후에 한 번 더 지워질까.

눈물의 냄새, 누적된 어둠의 구취.

*

1월 23일. 수요일을 기다린다. 맑은 기다림 또는 명징한 피로. 심
장이 밀어낸 피처럼, 왈칵, 터지는 데프톤즈. 「Korea」. 코리아를 고
려로 읽는 무리들. 으깨지는 얼굴들. 내가 믹서에 넣고 갈아 버린 자
들. 모터의 소음을 뚫고 퍼지는 백색광, 치노 모레노의 절규. 사포로
얼굴을 갈아 버린다. 나의 표정이 사라진다. 순연한 피가 돈다. 절
망의 빛깔.
　출혈은 멈추지 않을 것이다. 「Passenger」가 지나간다. 『White
Pony』는 열리지 않는다. 음악이 파쇄된다. 동결된 주석(朱錫)이, 파스
스스, 가루가 되는 것처럼. 머릿속을 휘젓는 환각. 그날로 돌아간다.

*

가사가 없는 음악. 언어가 없는, 순수한 음악. 개념도 내용도 없는
음악. 음악은 또한 이미지를 지니지 않는다. 음악은 오로지 리듬. 음
악의 이미지는 번역되는 것, 창조되는 것, 언어로 표현되는 것.

*

어쩌면.

어린 고양이가 우듬지에 앉아 햇빛을 즐기고 있다. 새들이 지저귄
다. 겨울 햇빛인데, 손톱만 한 따스함에 온몸의 터럭 하나하나를 곤
추세우고 있다. 사람이 지나가고, 털이 햇빛 쪽으로 쏠리는 소리를 들
은 것인지도 모른다. 나는 파래진다. 식어 버린다. 나는 없었던 사람
을 만들어 냈고, 그 사람을 다시 없애고 있다. 이렇게 이별을 맞이하
려 한다. 오래전에 나는 죽었는지도 모른다. 그 사람이 나를 죽였는지
도 모른다. 부정할 수 없다. 수류탄처럼 응축된다. 소리를 죽인다.

*

수요일 오전의 적요. 마음의 침몰. 수면 위에는 음악. 영원한 수요
일. 수장된 나.

*

멈출 수 있는, 멈춰서는 안 되는, 멈출 수밖에 없는…….

*

그 사람, 내 인생의 사랑이 아니라네. 내 생의 내상을 준 사람. 사
랑이 있었다면 견뎌 냈겠지만, 그 사람 사랑을 배신하여, 나를 더 아
프게 하여, 내생을 피로 물들이고 말았네. 내 피부를 벗겨 낸 자. 나

는 피투성이. 나의 피, 그날, 被投 被投, 나는 뛰어내렸네. 잃지 않기 위해 열어 버렸네. 내장이 쏟아지고, 나는 비워지고……. 우리는 돌아갈 수 없다네. 갈라 꺼낼 수 없네, 그 사람, 파낼 수도 없네. 잔디 잔디 금잔디, 불붙는 석양, 내 몸 붉게 젖었네. 피는 흘러내리네.

우리의 우아한 휴식이 시작되었다.

*

「Digital Bath」. 부드럽다. 감각적이다. 목소리가 관능적이다. 소리를 지르다가도 다시 되돌아와 끈적대는 부드러움. 살갗을 부벼 대듯이 천천히, 느낌을 최대한으로, 자극적이어도 괜찮아. 아무러면 어때. 순간이, 순간이, 이 순간이 전부야. 그 순간의 모습은 그냥 살덩이일 거야. 그것이 존재의 무게를 모두 감당할 수 있을 거야. 아주 천천히, 더 부드럽게, 몸이 찌릿 부르르 떨릴 정도로. 오. 그 느낌의 압력을 더 이상 견뎌낼 수 없어.[1]

철새들 사선으로 기울어진다
잿빛 하늘을 부리에 물고 오는 새들
먼 공간 한쪽이 허물어진다
시퍼런 바람이 쏟아진다
그리움이 빈 곳을 메운다

---

1 황봉구, 「Deftones에 앗긴 어느 비 오는 날의 오후」, 『계간 파란』, 2018.겨울, p.239.

결국.

단 한 번의 이별을 남겨 둔 셈이다. 병약(病弱) 속에서 맑아진다. 사랑이란 미몽. 끝까지 도달해야 한다. 실패이든 성공이든, 통증이든 환희이든.

「Hexagram」. 가죽을 벗긴다. 뒤집는다. 꽃이 피는 일. 팔을 잘라 병에 꽂아 두기. 손끝에서 잎이 피고, 그것은 나의 피이고, 나는 당신의 피고, 피고 지는 진달래 달래 달래 진달래.

조심해, 그가 너를 사냥하려고 한다.

*

이미지, 오로지, 이미지.

*

이미지는 시의 최후. 시는 이미지이다. 정신은 이미지가 없다면 표현되지 않는다. 한자로 쓰는 한시가 글자 한 자 한 자에 의미가 아니라, 이미지를, 주형(鑄型)했던 것처럼. 서정은 존재하지 않는다. 시의 '서정' 전부를 '이미지'로 바꾼다. Seek and destroy!

*

최초에, 시는 음악처럼, 리듬이었다.

*

데프톤즈의 시작점에 두 개의 단어가 놓여 있다. 「7 Words」를 뚫어 버리는 동사 두 개. Suck. Fuck.

*

피부 밑에서 뜨거워지는 음악. 겨우 견딜 수 있는 것이다. 빛이 내부에 들어찬다. 나는 파열한다. 피투성이로 살아간다. 사랑은 끝나지도 시작되지도 않았다.

*

진정.
어쩔 수 없는…… 기다리는…… 말라 가는…… 죽어 가는……

어떤 인연이기에 우리는 여기까지 온 것일까.

*

「Minerva」. God bless you all.

*

네가 떠난 날 비가 내렸어. 수요일. 너는 나를 바라보니. 너를 지울 거야. 너를 기록하지 않을 거야. 소복한 웃음 속으로 빨려 들었구나. 상자 안에서 너는 불타는 나를 바라봤니. 나는 사라질 수 없어. 너를 붙잡을 수 없어. 너를 기다리지 않아. 나는 사랑의 불길에 그슬린 고깃덩어리야. 오늘 붉게 웃는구나. 피가 흐르네. 너는 모서리를 돌 때마다 나를 베어 냈네. 불꽃이 나를 먹고 있네. 엉겨 붙고 있네.

재의 밤이 열린다. 인후가 마르고 있다. 너는 나의 피를 뒤집어썼네.

*

기꺼이.

음악 속에서 내가 병든다는 말은 거짓이 아니다. 음악이 나를 아프게 하고, 나를 심연으로 데려간다. 견딤의 양식이 음악이라면? 나는 너를 매달겠다.

사라진 얼굴이 떠오르고, 뭉개진 나의 과거도 보인다. 나는 여기에 없다. 음악만이 여기에. 그날로 빨려 든다. 배신당한 자는 죽어야 한다. 나는 너를 용서할 수 없다.

*

사실.

나는 절반이 죽었다

사실.

나는 생존하였지만

자아는 둥근 흙 안에
사실.
나는 십자가의 후보자

*

이제.
나는 날개를 펴고 창공으로 날아가요.

「Lucky You」의 빛깔: 공간이 우그러든다. 음악이 눈앞에서 춤춘다. 소리의 고랑마다 날숨이 파고든다. 앞의 이곳에서 뒤의 이곳으로, 엷어진 그림자를 관통하는 음악. 떨림. 두려움. 이별을 생각할 때마다, 발열. 부리에 묻어 있는 푸른 공포.

If you feel lucky, if you feel loved, come and take me home.

*

『Diamond Eyes』는 원래 'Eros'여야 했다. 데프톤즈의 작품집 제목으로 에로스만 한 명사가 어디에 있겠는가. 치노 모레노의 목소리와 이들의 증폭된 초강력 하드 코어 사운드는 구원과 징벌의 '하이브리드'이다.

『B-sides & Rarities』에 실린, 「No Ordinary Love」. 고혹적인, 검은 진주 샤데(Sade)의 원곡보다 자극적인, 너무나 에로틱한…… 초여름 한낮의 찔레 향기처럼 확산하는, 실크 스카프처럼 휘감겨 오는,

핏방울 하나 입술에 묻어 있는 듯한, 맨가슴에 사각 얼음 하나 닿은 듯한, 꽃잎 구순(口脣)을 스치는 것 같은…… 이상하게도, 육체를 증발시키는, 체액을 건조시키는 음악.

에로스는 오로지 이미지일 때, 몸을 달군다. 온몸을 개화시킨다.

*

뜨거워서 뚜렷해지는 몸. 처음부터 불꽃이었다. 곧이어 마찰음. 음악이 부푼다. 몰아쳐서 폭발하는 몸. 심벌즈 같은 전등. 금환(金環)이 내려온다. 조른다.

육체가 죽음 속으로 사라졌다. 당신은 나의 쾌락 안으로 침몰한다.

*

「Around The Fur」.
이 울부짖음이 견딜 수 있는 힘이었다. 쏟아진다. 내장. 이 음악은 나를 할복한다.

대곡역에서 울던 나. 「Gore」.

*

「Rosemary」.

약수역. 눈이 내린다. 그해 겨울, 네거리, 고가도로를 삼키던 눈.

이 비트는 검다. 바람에 출렁이는 눈발, 나의 흐느낌. 데프톤즈는 격렬한 울음이다.

*

치 쳉(Chi Cheng)이 교통사고로 식물인간이 되었을 때, 앨범 『Eros』는, 안개처럼 흩어지고 말았다. 무산(霧散). 무산(霧山). 불꽃으로 피어오른 사람.

치 쳉의 베이스 사운드는 어둡다. 딱딱한 안개의 산. 끈적한 안개의 무덤. 불붙는다.

치 쳉은 죽었다. 이후의 앨범. 『KOI NO YOKAN』. "일본어로 '연(戀)의 예감(豫感)'이란" 뜻.[2]

사랑의 예감. 죽은 자가 펼쳐 놓은 인연. 연의 얽힘. 갈(葛)과 등(藤)처럼.

데프톤즈는 선(禪)이다. 하드 코어(hard core)를 들으며 명상한다. 괴멸 후의 평정.

*

「Deathblow」가 나를 맞이한다.

---

2 황봉구, 「Deftones에 앗긴 어느 비 오는 날의 오후」, p.250.

걸려 있는 로프가 나를 깨어 있게 하네. 너는 그것을 알고 있었어야 해. 네가 그곳에 들어간 순간. 압착 착즙 공정이 시작되었어.

*

그해.

여름.
구름.
부름.
오라(aura). 파라(para).

신이 너의 혀를 잘라 낼 거야.
밤거리에 목격자는 없었고.
그 여름, 나는 사랑을 잃었지.
보라. 하늘을.
네 목에 올가미를 건다.

오라. 오라. 받아라. 파라. 파라.
삽. 삽. 발골. 발파. 삽관. 파묘.
파. 파. 파. 파. 파. 파.
그것을. 그것을. 그것을. 그것을. 그것을. 그것을.
―「그해 나의 여름」

*

「Entombed」.
내가 매몰할 수 없는 것.
잊을 수 없는 것.

무덤을 뚫는 빛살. 불길.
나는 매장된 사람.

오늘, 당신은 나에게 묻는다.
「What Happened to You?」.
코이노요칸.

앨리스 인 체인즈 —「Love, Hate, Love」

Alice In Chains

> 그칠 줄 모르는 소극(笑劇)이로다! 내 순진함이 눈물겹구나.
>
> 인생은 아무 놈에게나 조종당하는 소극이로구나.
>
> —Arthur Rimbaud, 『지옥에서 보낸 한 철』

You told me I'm the only one[1]

너도 나만큼 아팠는가. 더 아파져야 공평한 것이 아닐까. 고통. 그것이 무엇인가. 내 안에 들어와 있는가. 몸을 파고든 다른 살처럼, 바늘을 삼킨 것처럼, 아프고 아플 때 보고 싶고 그리울 때 사랑 때문에 혼절할 때 혼자 절복(切腹)할 때, 슬픔이 나를 점령한다.

너는, 총신처럼, 나를 바라보네
지금 나를 지나가는 것이 시선인지 탄환인지 쾌락인지 고통인지
알 수 없네
다가오는 너의 몸
심장이 뜨거워지네

---

1 이 글에서 고딕체로 표기한 곳은 전부 「Love, Hate, Love」의 가사이다.

최선 그리고 차악 그리고 죽음. 선택할 수 없다. 모든 이별을 받아들인다. 젖은 콘크리트처럼, 입을 봉인하고, 울면서, 모르는 어둠 속으로 떨어지는 눈물처럼, 교수대에 오르는 늙은 죄수처럼.

늦더라도, 만나기 위해, 뒤늦은 발걸음을 내딛게 되더라도, 희망에 현혹되지 않아야 한다고 다짐하지만, 주인과 재회한 개의 눈으로 쳐다보고, 절대로, 후회하지 않는다고 결의하고, 파시스트 앞에서 몸에 불을 붙인 승려가 된다 해도, 네가 먼 곳에서 내게 돌아오고 있다고 느끼는 나는 무의식의 욕조에 몸을 구겨 넣고, 깊게 파이고, 울어도 흔적이 남지 않는 물에 용해된다. 경직된 사지를 바라보며, 폐가 같은 내 몸에 아직도 너의 무엇인가가 남아 있다면, 적치된 혹은 폐기된, 그것을 영원히 잊지 못하겠지만, 나는 당연히, 나를 매달 것이다.

Lost inside my sick head

부서진 것들. 돌아오지 못하는 사람. 청춘은 창조되자마자 소멸되었다. 마흔이 되기 전에, 세계를 폭파하든가, 세계에 폭파당하든가, 결정은 네가 했다. 노래를 남기고 너는 떠났다. 나는 지금 「We Die Young」을 듣는다. 이것은 순수한 청취가 아니다. 밀려드는 파도이다. 밖의 풍경을 눈앞에 압착시키는 리프를 뚫고 솟아오르는 강렬한 빛. 너의 목소리는 나의 공간을 끈끈하게 만든다. 점도가 상승한다. 나와 너의 피부가 닿는다. 우리는 「Man in The Box」이자 「Social Parasite」. 똥 속에 든 기생충의 알. 약으로 자신을 녹여 버린 너의 구멍 뚫린 얼굴.

사슬에 묶인 앨리스의 노래 「Love, Hate, Love」. 몸을 가른다는 표현이 적당하다. 뼈를 발라낸다는 말도 괜찮다. 레인 스테일리(Layne

Staley)의 목소리는 메가폰에서 퍼져 나오는, 냄새 많은, 핏빛. 그가 외치는 사랑과 증오와 사랑의 무한 순환은, 숙명처럼 목을 옥죈다. 나를 아프게 하는 음악. 병들게 하여 아편쟁이처럼 헐떡이게 하는 목소리. 그 안에 든 사랑의 절망을 읽는다. 쪼개진다. 복합 골절. 언어는 무력하다.

1990년대. 얼터너티브 락의 시작, 영광 그리고 종말. 너바나(Nirvana)에서 출발하여 사운드가든(Soundgarden)에게 항복하고 펄 잼(Pearl Jam)을 온몸에 새겨 넣은 후 만났던 앨리스 인 체인즈. 슬픔 때문에 파괴되고 만, 될 수밖에 없었던, 이후를 상정하지 않는 열광, 오르가즘의 불꽃을 떠올리게 하는, 스스로 뭉개져 버린, 몸을 태워 버린, 재가 되어 날아간, 사람. 어떤 수식어도 궤멸시키는 목소리. 저주와 욕망이 뒤범벅된, 백과 흑을 오가는, 채도와 명도를 상실한, 어둠을 분출하고 빛을 흡입하는, 처음과 끝을 이어 붙인…… 그 목소리를 방사하는 육체, 구멍 없이 쏟아지는 사람, 검은 피 흘러내리는 노래.「Love, Hate, Love」.

그리고, 내가 다시 돌아오지 않을 때, 지워질 노래
마침내, 나를 관통하여, 화살이 되어, 그 가슴에 박힐 노래

Sweet little angel you should have run
아무리 신나는 음악도, 아무리 친근한 점원의 호객 소리도—결국 나는 그 품으로 돌아가겠지만— 나를 기울게 하지 못하는데, 나를 바라보는 너의 눈빛. 전단지에 박혀 있는 목사의 파르스름하고 포동포동한 얼굴을 가로지른 미소, 그것조차 기다림에 지친, 개 같은, 나보다 소중한 것 같다.

아무도 나를 기억하지 않을 것이다. 그 어떤 카메라도 나를 녹화하지 않을 것이다. 나는 그림자에 불과하니까. 그림자여, 그림자여, 세상의 모든 거리는 이미 어둡고, 계단은 지워졌고, 이곳은 눅눅하고, 현관문은 열리지 않을 것이고, 이 모든 것에도 불구하고, 내가 그 사람을 찾아가야 한다면, 그림자여, 나에게 행운이 있다면, 당장, 창문 아래 어둠 속으로 뛰어들어야 하는데, 나는 펄럭이고 싶은데, 짧은 인사도 남기지 않고, 영원히 생략되어야 하는데, 나는 언제나 머뭇거린다, 기다린다. 기다리는 자여, 기다리다 돌이 될 자여, 그림자 깎여 먼지가 될 자여, 두려운가. 호흡한다. 결단. 결단코 나는 날아오를 것이다. 기필코 나는 나를 해방시킬 것이다.

그 후에, 비로소, 나는 자연스럽게 늙어 갈 것이다. 먼저 태어나서 먼저 그랬으니까.

I want to peel the skin from your face
골목, 첫 키스, 양치식물 같은 입술, 먼 곳에 떠 있는 달, 천천히 불꽃이 피었다

네가 내게 말할 때, 입술이 열릴 때, 부드러운 볼에서 흘러내리는 달빛이 안으로 빨려 들었다 너는 알지 못하지만, 너 때문에, 나는 따뜻했다

외부에서, 너의 몸이 불러일으킨, 자극이 빠르게 다가올 때, 견딜 수 있는 유일한 방법

눈 감을 수밖에, 곧이어 닥쳐올 개방과 폐쇄의 동시 발생을, 힘차게, 끌어안을 수밖에

세차게 몸, 흔들 수밖에

Try to understand me little darling
바다. 실체도 형체도, 묘사할 수 없는 추상. 그리고 그 바다에서 등 돌린 너의 형이상학. 이별을 기억하라. 그 바다, 바라볼 때마다 너를 잊게 하는 평면의 바다, 철판 바다. 찢어지지 않는 무한한 그리움, 석모도의 바다.

잡아당긴다. 돌아선다. 다리를 올린다. 너의 명령. 바닥에 볼이 닿는다. 두 팔을 묶는다. 염(殮). 파도처럼 달려드는, 불꽃. 눈물도 없이 푸스스 재가 되어 날아오른 너. 몸 잃은 나. 세 번째 파도는 고독할 것이다.

남겨진 너의 피를 내가 어떻게 잊을까.

My twisted passion to be your world
오랫동안 나를 바라보는 그의 기쁨. 그의 흰 손 멀어진다. 얼굴이 벗겨지는 것 같은, 쓰라림. 그 이후의 심장. 내가 그 몸을 처음 기억했을 때, 말 못 하는 아기의 울음 같은, 혀에 남겨진 비릿함. 나를 어루만지는 손. 석고상에서 떨어져 나간다.

그 사람, 빨리 돌아가길. 그 후에 판단되겠지. 산 자의 기억. 그 모

든 것들.

슬픔이 노인의 숨소리처럼 갈라지고 있다.
그에게 나는 사용할 물품이었다.
그의 소멸은 근미래의 일이다.

I live for you but I'm not alive

나는 더 많이 쓴다 철저하게 이기적인 너를 증오하다가 사랑이 남
긴 쾌락의 흔적을 기억하고는 더 좋은 미래를 기다리며 너를 사랑
한다고 편지를 쓴다 매일 보낸다 너를 이해하려고 해 너에게 시간
을 주고 싶어 너는 나에게 돌아와야 해 여전히 너를 사랑해 너뿐이
야 고백하지만 너의 행복을 미워하지는 않지만 다시 사랑할 수는 없
다고 네가 싫어서가 아니라 다른 사랑이 다가왔기 때문이라고 거
짓 거짓 흰 웃음 나는 문득 패배한 것 같았기에 배신당한 것 같았기
에 견딜 수 없었기에 화도 내지 않고 단절과 침묵을 선택했지만 얼
마 후 또 편지를 쓴다 할 말을 쏟아 낸다 너는 사과할 것이다 나는
받아들이고 둘이 비 내리는 남산 근처를 산책하고 습습한 냉면에 소
주를 먹고 취해 빨려 드는 것인지 녹아내리는 것인지 분간할 수 없
는 밤이 지나고 그런 일이 가을과 겨울 동안 반복되다가 다른 여름
이 되어 네가 나를 이용했다는 사실 단지 심심했던 것뿐이라는 답변
그리고 너의 기쁨 너의 화사한 웃음 앞에서 허탈하지도 않고 나에게
는 오로지 나를 처벌해야 한다는 의지이거나 욕망. 문득 나는 삼십
년 전부터 이어진 이 모든 일이 되풀이될지도 모를 것 같다는 예감
에 젖어 슬프게 운다. 받아들이지 않을 것이다. 처음부터 사랑이 아
니었다. 무덤에 불을 붙일 것이다. 단 한 번도 울지 않을 것이다.

이 편지를 쓰기 전에는, 기록되지 않은 기억과 기록되어야 하는 기억이 언어로 기술되는 순간을, 폭증하는 기억을, 단 한 번도 생각해 보지 못했다. 이 편지가 그러하다. 우리 관계에서 내가 희생양이었다는 사실. 폭력은 어떻게 해서 복사와 증식을 시작했는가. 진실이 밝혀지는 경우, 드물지만, 하지만, 지금 다가오고 있는 그것을 나는 바라본다. 순환적인 것이다. 반드시 귀환하는 것이다. 인과가 같다. 시작이 있으니 종말도 있다. 출발지와 도착지가 동일한, 에셔의 계단을 우리는 오르내리고 있다.

무자비한 시간.

그날, 그곳에서, 그 방에서, 나는 나의 몸 안에 보이지 않고 들리지 않고 만질 수 없는 환충들이 우글거리고 있다는 느낌에 붙들렸다.

Take my hands before I kill
살아 있는 사람이 무섭고, 살아 있다는 사실이 부끄럽다. 그대 떠난 후에 나는 잠시 죽어 있었다. 구름은 모였다 흩어지고, 바람은 부풀었다. 그대를 싣고 움직이는 햇빛 때문에 가볍게 흔들린다. 내 속에 숨었던 사랑이 나를 움직이게 한다. 그대는 증오의 알갱이. 사랑은 이곳과 저곳에 퍼져 나가는 물결.
살아 움직이는 것이 두렵다. 떠오르는 추억 = 망각에 둘러싸인 희미한 이미지들의 호출을 기각하고, 그것을 사실로 받아들이는 것. 한 번 더 빛 속으로 들어가 구름을 몰아내는 것. 그림자 새가 날아오른다. 미끄러지는, 이탈하는, 분해되는 저 새의 날개가 모호하다. 모호하기 때문에 쉽게 지워지는 그대 = 구름.

I tried to love you

너를 만나려고 길을 나선 것이 아니다. 나는 이대로 흘러가서 없어질 것이다. 혼자 혼자 혼자. 이 생은 혼몽. 비에 젖어 눈물에 젖어, 그리고 아픔에 젖어, 황혼의 거리를 하염없이 걸어가던, 빨려 들던, 지워지던 뒷모습.

사랑을 찾아 사랑을 찾아. 그것, 인생의, 분명한 기쁨. 거리에 산재한 점포 점포 점포, 점 점, 흩어지는 인파 그리고 너와 나.

너와 다시 만날 때, 나는 과오를 거듭하지 않을 것이다. 우리는 두 번 이별하지 않는다. 그러나 이별하지 않을 너를 어디 가야 찾을 수 있는가. 처참한 그리움.

네가 내 안에서 돌이 되고 얼음이 되고 물이 될 때까지, 내가 물이 되고 얼음이 되고 마침내 돌이 될 때까지, 내 몸이 된 네가 닳아 없어질 때까지
정적 속 저 눈은 나의 관념, 사랑은 나의 관념, 매달린 네 몸의 윤곽조차 나의 관념

나는 조금 더 움직일 것이다

햇빛이 이소(離巢)하려는 새처럼 파득거린다 침묵 위에 기록되는 소란이 너의 얼굴을 만든다

꽃잎 눈에 스며든다 침묵의 빛깔 붉어진다

I tried to own you

병든 자의 얼굴에 물이 고인다 스며들어 꽃 핀다 꽃 속에서 병들어 우는 자의 얼굴에 사라지는 자의 평화가 깃든다

꽃잎과 꽃잎이 몸 맞대고 젖어 드는 거리에서 내가 느끼는 모든 두려움, 까만 벽에서 얼굴이 탄생한다

사랑했던 사람의 다른 사랑에 휘황한 빛 있으리라. 인자한 부로(父老)처럼 나는 웃는다. 나는 그 사람을 끌어당겨 안아 준다. 토닥이고 어루만진다. 시간이 천천히 나를 점령한다. 그는 자꾸 늙어 가는데, 저항도 하지 못하고, 푸스스, 부스러지고 있다.

선 하나가 흘러온다 나를 뚫고 지나간다
햇빛도 고요도 하나
그 사람 그늘 속에서 나와 나를 쳐다본다
나는 흘러가는 하나의 선

Innocence creates my hell

나의 귀가 말을 하네 모음-포승줄이 너를 옭아매네 화살-자음이 고막을 지나가네 소리는 쑥쑥 잎을 피우고 잎새들 눈부시게 수화(手話) 중이네 함석빛 햇빛, 초록 벽돌들, 타격의 열광, 너는 내 안에서 푸른 피 흘리네 내 몸은 확성기 입 벌려 공기에 새긴 너의 형상 떠나가는 얼굴 너는 백열(白熱)하다가 파열하는 골육 허공에서 너를 터뜨렸네

I still love you, but, I still burn

　진로를 바꾸어야 한다. 아버지의 집이 있는 거리의 끝 나의 시선이 빨려 드는 거리에서 사랑이 이념으로 변질되는 거리의 끝에서 나는 우연하게 너를 마주쳤다.

　쉬운 일이 있다. 아버지 되기. 입 다물고 눈 감고 숨 멈추기. 너를 떠올리면 금방이라도 변신할 수 있다. 깃털이 돋아난다. 볏이 선다. 그곳으로 돌아간다. 나는 환각이다. 서풍이다. 바람의 약자(略字)이다.

　어둠 끝에 입, 입속에 박힌 나의 눈
　입속의 눈이 삼킨 거리
　지워지지 않는 그 사실
　모두 아는가

　재현한다, 나를. 그 방 유리창에 달라붙은 외계를. 내 시선의 절단면. 수직으로 일어선 거리에는 사라지는 얼굴.

　빗방울 송곳이 어둠에 박힌다. 깊이와 거리(距離)를 삽입한다. 창밖의 빗방울에 얼비친 나의 얼굴. 창 안에서 허우적대는 남자. 눈을 깜박인다. 헐떡거린다.

　바람 속에서 움직이는 그것의 이름은 그리움. 명사에 불과한, 불활성기체 같은 그리움. 그리움과 먼지의 인과. 그리움은 바람이라서 살아 있고, 그리움은 형체를 쉽게 바꾸어 나이기도 하고 나 아니기도 하고, 그리움 속에서 나는 소리 없이 사라져 말이 되고 말의 씨앗이 되고 씨앗 속의 씨앗이 된다, 멈출 줄 모르는 피스톤처럼, 마모되는 나의 얼굴 위로 8월의 바람 구름을 몰고 지나간다. 사출(射出) 성형된 그리움이 입에서 쏟아진다. 나는 바람이 지웠다가 만드는 얼굴. 지워지는 얼굴 위의 먼지, 먼지의 얼굴, 우리의 얼굴.

나에게 당도할 그 죽음. 명정(明正)하게 명정(銘旌)에 기록될 그 모든 것.

아픔도 없이. 집착했던 것. 빠져나올 수 없는 것. 그 사람, 나의 범부. 그것이 인생. 무엇을 찾는지도 모르고, 아무것도 모르고, 맹목을 벗지 못하고, 그렇게 타락하는 것. 그것이 처벌일 것이다. 갈애(渴愛).

트레이시 채프먼

Tracy Chapman

나는 어떻게 그녀를 만나게 되었나. 기억의 끈을 찾을 수 없다. 울림이 깊고 진한 그녀의 목소리에는 사위어 가는 저녁의 햇빛이 들어 있는 듯했다. 일상의 하루가 또 지난 밤, 피로를 짊어진 채 들어간 검은 방의 딱딱한 어둠을 그녀의 목소리가 밀어냈다. 온기가 피어오른다. 담배에 불을 붙이고, 파르르 떠는 연기를 바라보면서, 그녀의 「Smoke and Ashes」를 듣는다.

과거가 면전에 육박한다. 대학원 생활 내내 반지하 방을 벗어나지 못했다. 막막한 미래보다, 시와 논문 사이의 혼란보다, 나 혼자라는 먹먹한 현실이 공포스러웠다. 외로움이 추상에 불과한 줄 알았다. 그것이 외로움인지도 몰랐다. 어느 날, 트레이시 채프먼의 노래가 나의 빈 곳을 채웠을 때, 내가 구멍 난 존재였다는 사실을 깨달을 수 있었다. 그녀는 시인이었고 가수였다. 그녀는 아픈 사람을 따스함으로 감싸는 환한 빛이었다.

당신이 나를 기다려 준다면
당신을 위해 그곳으로 가겠어요
너무 먼 곳으로 비록 떠나왔지만
나는 언제나 내 마음속에
당신의 자리를 마련해 두었어요

당신이 나를 생각한다면
당신이 한 번 더
나를 그리워한다면
나는 당신에게 돌아가겠어요
돌아가서 당신의 빈 가슴을 채우겠어요

기억해요
당신의 손길
당신의 키스
당신의 따스한 포옹
당신에게 돌아가는 길을 찾았어요
만약 당신이 나를 기다린다면

내가 당신을 꿈꾸었듯이
당신이 나를 꿈꾼다면
당신의 심장박동을 느낄 수 있는
따스한 어둠 속으로 가겠어요

당신을 갈망했어요

당신의 얼굴

당신의 미소

보고 싶었어요

당신이 있는 곳

그 어디에서나

나는 당신과 함께 있었어요

다시 함께한다면

행복을 주는 당신의 품 안에서

나의 방황은 끝나겠지요

당신이 약속해 준다면

당신이 약속을 지킬 수 있다면

나는 당신에게 돌아간다고 맹세하겠어요

당신이 나를 기다려 준다면

말해요

당신 가슴속에

내가 들어갈 자리

마련해 두었다고

—Tracy Chapman, 「The Promise」 부분

　나는 떠나왔는데, 당신이 나를 기다린다면 돌아가겠다는 가사. 나는 돌아갈 수 있는데, 당신이 나를 기다려야만 돌아가겠다는 이상한 전도(顚倒)가 도드라진다. "실버들을 천만사 늘어놓고도/가는 봄을 잡지도 못한단 말인가/이 내 몸이 아무리 아쉽다기로/돌아서는 님

이야 어이 잡으랴". 김소월의 「실버들」에서 화자는 떠나는 님을 붙잡고 싶지만, 님이 곁에서 멀어지려 하기 때문에 가는 님을 잡지 못한다고 말한다. 사실은 잡고 싶은 것이다. 잡아야만 한다. 잡지 않으면 '나'는 이별을 견디지 못하고 사그라드는 봄처럼 세상의 끝으로 떠날지 모른다. 님이 떠나면, 이 아름다운 봄도 황량한 유배지가 될 것인데, 님을 부여잡지 못하는 나의 서러움을 아는지 모르는지 실버들만 바람에 흔들린다고 말하면서, 화자는 님이 스스로 뒤돌아서서 돌아와야만 다시 사랑이 이루어질 것이라고 말한다.

당신의 키스와 포옹을 잊을 수가 없는데, 그래서 나는 돌아가려고 하는데, 당신이 나를 기다리지 않는다면, 나는 돌아가지 않을 것이라는 말.

그녀는 돌아가지 않을 것이다. 아니, 돌아갈 수 없었을 것이다. 떠나 버린 그 사람은 그녀를 기다리지 않을 것이다. 아니, 그녀가 돌아가지 않아서, 그녀를 목 놓아 기다리는 그 몸은 더 큰 아픔과 더 많은 사랑의 결여를 경험할 것이다. 그것이 사랑의 평등 아니겠는가. 하지만 사랑의 복수는 결코 이루어지지 않는 법. 그녀는 그 사람에게 돌아가서 따스한 미소 속에서 아름다운 얼굴을 바라보며 행복에 빠졌을 것이다. 그녀는 다시 "당신의 키스/당신의 따스한 포옹" 속으로 돌아갔을 것이다. 트레이시 채프먼의 '노래-시'가 청자를 아련한 사랑의 슬픔으로 데려간다. 돌이켜 보고, 돌아가라고, 잊고 그 자리로 가서 사랑하라고, 나에게, 노래로 속삭인다. 그녀의 목소리가 내 몸을 지나간다. 나는 무릎 꿇는다. 결코 그 사랑을 잊을 수 없다. 사랑의 맹목(盲目)을 이길 수가 없다. 그녀의 부드러운 떨림음이 다가온다. 나의 입술을 스치고 속눈썹에 가닿는다. 목소리가 사위(四圍)를 밝게 한다.

잠에서 깨기를 원해요
알고 싶어요 내가 어디로 가는지
나는 준비되었어요

강이 흘러가는 곳으로 가고 싶어요
나는 준비되었어요

강이 나를 휩쓸고 가도록
강이 나를 휩쓸어 내가 사라지도록
나는 준비하겠어요

물이 나를 구원할 수 있다면
나는 준비하겠어요

나는 깨어나기를 원해요
나는 내가 가는 곳을 알고 싶어요
나는 강물이 흘러가는 곳으로 가고 싶어요

—Tracy Chapman, 「I'm Ready」 부분

　기독교의 침례 의식을 떠올리면 쉽게 이해되는 가사. 텍스트의 종
교적 의미는 중요하지 않다. 이 노래는 사랑에 실패한 사람의 긴 한
숨 같은 비가(悲歌)이다. 어디로 가야 하는지 나는 알 수가 없다. 내
가 잃어버린 사람, 나를 떠난 사람이 있다. 그 사람이 물에 쓸려 떠
나갔듯이, 나도 따라가야 한다. 나는 왜 이곳에서, 살아서, 서 있는
가. 당신이 흘러간 곳, 당신이 있는 그 먼 바다로, 강물이여, 나를 싣

고 가라. 준비가 끝났어요. 이제 물로 들어가겠어요. 나는 물로 돌아갑니다.[1] 나는 물이 되겠습니다. 물이 나를 구원할 것입니다. 나도 당신처럼, 떠나간 그 사람들처럼, 물로, 물속으로 걸어갑니다. 당신은 수중에 머물고 있군요. 당신은 왜 떠나지 못하고, 그 추운 곳에서 나를 기다렸나요. 왜 나를 데려가지 않았나요. 무엇을 그렇게 기다렸나요. 왜 당신은 물에 휩쓸려, 나를 버리고, 이곳에 올 수밖에 없었나요. 당신을 다시 만나기 위해, 나는 나를 버렸어요.

트레이시 채프먼이 간절하게 노래한다. 나는 준비되었어요. 그러나 결코 재회할 수 없을 것이다. 죽음이 가로막았기 때문이다. 거센 강물이 당신과 나를 갈라놓았기 때문이다. 크레바스가 깊어진다. 내 몸이 벌어진다. 물이 쏟아져 들어온다. 물이 나를 삼킨다. 기다리다가 나는 물이 될 것이다. 나는 준비되었어요. 물이여, 물로, 물속으로, 당신이 있는 어둠 속으로, 나를 데려다 줘요.

그녀의 목소리를 듣는데, 눈물이 흐른다. 자꾸 액체가 되려고 한다. 무슨 이유일까. 나는 견디려고 하는데, 그것이 부질없다는 것도 알고 있는데, 무너져도 좋다고, 그녀가 내게 말한다. 그녀에게 나는 고맙다고 고개를 숙인다. 그녀의 노래가 나를 안아 준다.

---

1 "님이여 그 물을 건너지 마세요/님은 그예 물로 들어갔네/물에 빠져 죽어 버린 님/이제 그대 어찌하리". 「공무도하가(公無渡河歌)」의 님은 미쳐서 물에 빠졌다. 님을 보내고 서럽게 울면서 부르는 노래, 「공무도하가」. 백수광부의 아내는 님을 따라 물로 들어갔을까?

퀸
Queen

영화 「보헤미안 랩소디(Bohemian Rhapsody)」가 끝난 후 내가 들은 아내의 말. "왜 울어? 아저씨!" 가족에게서 '아저씨'라는 말을 듣는 기분이 묘했다. 맞는 말이다. 나는 아저씨이다. 가끔 꼰대라는 자의식도 충만하다. 대한민국 아저씨의 흔하지 않은 눈물이 나조차도 낯설었다. 창피하지 않았다. 슬퍼서 눈물을 흘린 것이 아니다. 기쁨의 눈물도 아니다. 영화를 보고 왜 울었을까.

1984년 밴드 퀸을 처음 만났을 때, 나는 고등학생이었다. 잡지 『월간 팝송』에서 퀸의 드러머 로저 테일러(Roger Meddows Taylor)와 베이시스트 존 디콘(John Deacon)이 내한했다는 기사를 봤다. 뒷면에 앨범 『The Works』 광고가 실려 있었다. 넷째 누나에게 카세트테이프를 사 달라고 했다. 「Radio Ga Ga」가 귀에 박혔다. 명곡 「Bohemian Rhapsody」를 알게 된 계기는 기억나지 않는다. 처음 감상했을 때의 느낌은 생생하다. 이상한 노래다, 합창 이후의 기타 소리가 심장박동을 빠르게 한다, 시간이 빠르게 지나간다. 한 대 맞은 듯한 기분이었다. 거기서 난 퀸과 이별했다. 이유는 간단했다. 너무 좋은 것은 아껴야 한다.

재회한 퀸, 부활한 프레디 머큐리(Freddie Mercury)를 보기 위해 영화관의 어둠 속에 앉는다. 손에서 땀이 난다. 사전 정보는 감독이 브라이언 싱어라는 것, 배우들이 실제 밴드 멤버들과 무척 닮았다는 것 정도. 주인공이 등장한다. 음악이 시간을 앗아 가기 시작한다. 영화의 줄거리, 배우의 연기, 화면의 빛과 어둠, 시대를 정밀하게 재현한 미장센 같은 것들이 인식되지 않는다. 음악은 나를 지우고, 나는 나를 잊는다. 음악이 시공간을 압착한다. 체온이 상승한다. 「Love of My Life」가 입술을 두드린다.

나는 그때, 쏟아져 내리는 액체가 되었다. 내가 나를 발견한 느낌이었다. 잃어버렸던 것을 되찾은 것이다. 나는 청춘으로 돌아간다. 단 한 번의 사랑을 시작하게 되는 것이다. 피아노를 연주하며 사랑의 발라드를 부르는 그가 아름답다. 가수는 프레디 머큐리가 아니다. 그는 바로 그날의 나이다. 나는 그 안에서 빛나는 젊음에 거주하는, 가장 아름다운 청년이 되어 노래한다. 상실한 것을 발견한다. 복구할 수 없다는 사실을 깨닫는다. 우리는 늙어 버린 것이다. 산산이 부서진 그날들을 부르고 부른다. 장례는 끝났는데, 우리는 돌아갈 수 없다고 믿었는데, 날아간 생의 명암을 절대로 돌아보지 않을 것이라고 다짐했는데, 신기루처럼 복귀되어 기적 같은 사랑의 열기를 우리에게 돌려주는 음악, 온몸을 열어젖히는 음악……. 환희의 눈물이 나를 찾아온다. 나는 살아 있다. 나는 아직 아름답다. 나는 생의 기쁨과 사랑의 고통을 받아들일 수 있다. 이것이 삶이라고 가르쳐 주는 음악…….

두 번째 봤을 때, 더 많이 울었다. 손수건을 준비하지 못한 것을 후회했다. 아내는 괜히 그런 것이다. 눈물 많은 남편인 줄 알지만 민망하니까 그런 것이다. 조조로 관람했기 때문에 뒤풀이 술로 이어지지 않았다. 밤이었다면 우리는 만취했을 것이다. 어떤 날은, 온밤을 술과 음악에 내줘도 좋다. 「Somebody to Love」가 옆에 있기 때문이다. 그가 누구이든, 나와 당신은 어깨 걸고 합창할 것이다. 애도여도 좋고 찬미여도 괜찮다. 우리는 그때 그곳에 있었다. 우리는 그 시절부터 지금까지 살아 냈다. 살아갈 날들이 살아온 날보다 짧다 해도 우리의 인생은 사랑받고 축복받을 만하다. 빛과 함성이 넘실거리는 화면 속, 재현된 '라이브 에이드'에서 프레디 머큐리가 노래를 따라 부르라고, 발을 구르라고, 몸을 내던져 즐기라고 군중을 추동한다. 그는 죽지 않았다. 그는 돌아왔고, 이번엔 떠나지 않을 것이다. 음악 안에서, 우리의 영혼 속에서 '여왕'은 영생할 것이다. 아껴 둔 '너무 좋은 것'을 34년 만에 꺼낸다. 그 카세트테이프를 아직 버리지 않았다.

왜 우리는 열광하는가. 왜 우리는 행복한가. 퀸의 음악이 지니는 강력한 대중성 때문인가. 프레디 머큐리의 독특한 삶의 궤적이 억압받는 자들의 희망이 되기 때문인가. 전부 맞는 말이다. 나는 그들의 음악 속에서 사랑을 봤다. 프레디 머큐리가 가장 사랑한 사람 메리(Mary Austin)와 그의 최후를 지켜 준 짐 허튼(Jim Hutton). 고독과 상실 앞에서 무력한 인간의 맨 얼굴을 목격했다. 언제나 따스한 품을 내어 주는 존재, 가족이 아니라, 가족 '같은' 음악과 음악 같은 친구가 없다면, 과연 우리가 살아갈 수 있을까.

우리가 인정하고 싶지 않았던 우리 안의 연약한 진짜 '나'에게 손을 내민다. 의식 밑 어둠에 숨어 있던 '나'와 포옹한다. 네가 바로 '나'이다. 우리는 밝고 따스하고 맑은 음악의 불빛을 생생하게 경험한 것이다. 조금 더 아름다워질 수 있게 된 것이다. "사랑이라고 하는 이

것, 감당할 수가 없어, 준비되었나 (준비해 프레디), 사랑이라는 정신 나간 일."(「Crazy Little Thing Called Love」) 우리는 노래한다. "음악이 있다면, 아무것도 두렵지 않아요. 음악이 새 사랑을 가져왔어요."

훈 후르 투

Huun Huur Tu

음악이란 무엇인가. 시란 무엇인가. 여태껏 그 답을 알기 위해 걸어왔는데, 지금도 답을 모른다. 답이 없다는 사실이 정답일지 모른다. 이런 내가 시와 음악을 동시에 이야기하려 했던 것이다. 훗날 시와 음악의 '황홀'의 비밀을 알아낼 것이라고 나는 기대하지 않는다. 다만 행복을 찾아가는 여정을 멈추지 않을 것이라고 다짐한다. 낙타 대상들(「Camel Caravan Drivers」)과 나는 걸어간다. 음악의 대지 쪽으로, 낙타처럼 시와 함께.

아바(Abba)와 비틀즈(Beatles)에서 시작하여 1980년대 팝송 속에서 맞이한 대학 시절, 낮에는 민중가요와 혁명가의 폭격을 받았다. 밤은 술과 꿈과 낭만의 시간. 김광석, 시인과 촌장, 양희은, 엘튼 존(Elton John), 왬(Wham)…… 그 끝에 전영혁과 성시완. 군대에서 얼터너티브 락과 메탈을 만났다. 지금은 이 세상에 없는, 어느 대학 락밴드 리드 기타리스트였다가 나의 군대 후임이 되었던, 총순에게 너바나(Nirvana)와 메가데쓰(Megadeth)를 소개받았다. 청춘의 불꽃이 타올랐고, 몸은 재가 되었고, 음악으로 무장한 채 세상으로 들어갔다. 생의 고비마다 음악이 있었다. 석사 졸업 무렵에는 억셉트(Accept)가, 박사 과정 중에는 펄 잼(Pearl Jam)이, 학위를 받고 황야에 버려졌을 때에는 앨리스 인 체인즈(Alice In Chains)와 재니스 조플린(Janis Joplin)과 제프 버클리(Jeff Buckley)가 나의 손을 잡아주었다. 2007년 가을, 연옥의 끝에서 시인 조연호가 소개해 준 훈 후르 투를 만났다. 음악이 구원이었다.

그들의 연주와 노래를 아끼고 숨기고 싶어 말하거나 내보이기를 꺼렸다. 좋은 음악을 혼자만 듣겠다는 심보도 없지는 않았다. 그들에 대한 정보는 인터넷으로도 파악하기가 어렵고, 있다 해도 상세하지 않다. 그나마 음악 동영상은 유튜브에서 접하기가 쉬워 다행이다. 시간이 흘렀고, 나도 변했다. 세월이 그들을 조금씩 허물고 있다. 그들이 더 늙기 전에, 여러 사람들에게 그들의 음악을 알리고 싶은, 나누고 싶은 마음이 간절하다. 투바(Tuva) 공화국의 밴드 '훈 후르 투'.

물리학자 리처드 파인만(Richard Phillips Feynman)이 생전에 가고 싶어 했다는 곳, 투바. 바이칼 호 근방에 위치한 러시아 연방의 자치공화국. 인구의 대부분은 몽골인. 투바공화국의 러시아인들은 몽골 사람들을 따라서 라마교를 믿는다고 한다. 국토의 남쪽에는 알타이 산맥이, 가운데에는 초원이, 북쪽에는 타이가 삼림이 펼쳐져 있는 곳. 대자연이라는 단어가 적당한 곳. 그곳 출신 훈 후르 투의 음악은 낯설고 신비롭다. 몽골의 전통음악을 기반으로 한 이들의 음악에는 '회메이'(투바어로 'Хөөмей', 몽골어로 'Хөөмий'(호미), 러시아어로 'Хоомей'(호메이, 후미(khoomei)라고도 한다))와 '시기트'(sygyt:팔세토 이외에 높은 음을 낼 수 있는 창법)가 흘러넘친다. 영어로는 'throat singing'이라고 부르는 '회메이'. 저음, 중음, 고음을 동시에 발성하는 기법. 나는 리드 싱어 카이갈-올 킴-올로비치 코발릭(Kaigal-ool Kim-oolovich Khovalyg)의 목소리를 듣는다.

태양의 프로펠러('Huun Huur Tu'의 의미는 'sun propeller'다)를 바라본다. 대지를 어루만지는 태양의 빛살 속에서 노래하는 인간이 보인다. 그의 목소리는 하늘에 닿는다. 초원의 훈향(薰香)을 뚫고 멀리 전진한다. 그의 목소리를 듣는 인간의 육체는 진동한다. 그의 목소리는 마음의 현을 튕긴다. 바람의 몸이다. 그의 노래. 현대시가 포기한 영성과 주술을 품고 있는 소리. 바람을 머금은 초록이 음악을 점령한다. 음악이라는 영원한 현재 속에서 거품이 되는 시간을 본다. 그들의 「Don't Frighten The Crane」은 초혼(招魂)하는 육성을 길어 올린다.

2011년 누나가 죽었다. 한 번은 이겨 냈지만, 재발한 병 때문에 모르핀으로 통증을 지우고 있었다. 마른 꽃처럼 신음하고 있었다. 우리 모두는 곧 그녀가 떠날 것을 알고 있었다. 누나의 방에서 사춘기의 나는 음악과 문학을 배웠다. 그곳에서 인상파의 화첩을, 잡지 『현대문학』을, 엘튼 존(Elton John)의 「Goodbye Yellow Brick Road」를 만났다. 그곳에서 전축에 레코드를 걸고는 황홀경에 젖었다. 무디 블루스(The Moody Blues)의 『Long Distance Voyager』가 첫 경험이었다.

그녀가 떠난 그해 봄날의 꽃은 아름답지 않았다. 꽃의 소음 속에서 나의 일상에 조금씩 금이 가고 있었다. 몸의 통증이 아니었다. 방에 나를 가둔 채 넋을 잃고 눈물을 흘렸다. 내 곁에 그들이 있었다. 바람 속의 먼지가 되고 싶었다. 떠나고 싶었다. 한 사람의 일생이 한 줌 재가 되어 남겨졌다. 사라진다는 것은 무엇일까. 그곳에 가면 그

녀가 있을 것 같다. 바람의 출발점이 보인다. 그곳의 하늘에는 장엄
한 태양의 프로펠러가 돌고 있을 것이다. 공간을 흡입하는 소실점에
서 노래가 흘러나온다. 죽은 자가 산 자를 위무하는 노래가 들린다.

> 나는 고아, 나는 외톨이
> 가엾게도 나는 아이일 때 죽지 않았네
> 만약 내가 아이였을 때 죽었다면
> 나는 절대로 고통받지 않았으리
>
> 이 세상에서 가장 외로운 사람, 나는
> 가엾게도 요람에서 죽지 못했네
> 만약 요람에 누워 있을 때 죽었다면
> 나는 고통에 들지 않았을 텐데
>
> 비참한 아기 새
> 둥지도 없이 남겨졌네
> 비참한 아기
> 엄마 없이 남겨졌네
>
> 운명
> 사람은 그것을 바꿀 수 없네
> 죽은 엄마
> 그 누구도 그녀를 데려올 수 없네
>
> —Huun Huur Tu, 「Orphan's Lament」 전문

2008년 11월 18일, 캘리포니아 버클리의 판타지 스튜디오 라이브 영상으로 「Orphan's Lament」를 듣고 본다. 고아가 된 '나'는 일찍 죽었어야 했다. 고아였던 '나'의 삶은 온통 고통뿐이었다. 고통의 끝에서 다시 '나'를 돌아본다. 왜 고아가 되어야 했던 것일까. 누가 '나'를 고아로 만든 것인가. "이 세상에서 가장 외로운 사람"인 '나'는 어머니의 요람에서 죽었어야 했다. 젖을 떼기 전에, 걷기 전에, 언어를 배우기 전에 죽었다면 '나'에게 고통이란 단어는 존재하지 않았을 것. 삶의 전체가 고통으로 얼룩진 '나'는 '비가'를 부를 수밖에 없다. '나'를 떠나보내기 전에, 지나온 인생을 들여다보지만, 결국 '나'의 생은 고통뿐이었음을 깨닫는다. 돌아오지 않을 여행을 떠나려 한다. 둥지도 없이 버려진 아기 새처럼, 그날, 엄마 없이 남겨진 비참한 아기가 있었다. '나'는 고아였다. 운명이 '나'를 지배했다. 죽은 엄마는 돌아오지 않았다. 죽은 엄마를 그 누구도 데려올 수 없었기 때문에 '나'의 삶은 고통에서 벗어날 수 없었다. 엄마, 엄마…… 이제 엄마에게 가려고 해요.

나의 꿈은 그들의 라이브를 이 땅에서 보는 것. 세계에는 아름답고 훌륭한 음악들이 너무나 많다. 우리를 움직이게 하는 모든 음악들은 시이다. 이 아름다운 음악을 많은 사람들이 만났으면 좋겠다. 베이시스트 마이클 맨링(Michael Manring)이 주최한 작은 라이브. 태양의 프로펠러 아래에서 음악에 젖어 드는 청중의 표정. 나의 바람이 이루어질까. 투바에 가면 태양의 프로펠러를 만날 수 있을까.

시를 넘어서는 음악이 우리 곁에 있다. 시를 무력하게 하는, 음악이라는 두려운 천사가 바람의 시원에 숨어 있다. 훈 후르 투의 작품 중에서 가장 신나는 곡이 시작된다. 광막한 초원 하늘의 구름 사이로 펼쳐진 태양의 프로펠러가 회전한다. 음악의 마지막 천국, 민속 음악. 킹 크림슨의 베이스 주자 토니 레빈(Tony Levin)과 다국적 음악 실험 팀 고티카(Goatika)가 훈 후르 투의 멤버와 함께 「Kozhamyk」을 연주한다.

> 우리 셋, 우리 넷
> 우리는 서른처럼 강하지
> 우리에게 대항하는 서른은 무엇일까?
> 아무도 우리 셋에 대적하지 못하네
>
> 우리 넷, 우리 다섯
> 우리는 마흔처럼 강하지
> 우리에게 대항하는 마흔은 무엇일까?
> 아무도 우리 넷에 대적하지 못하네
>
> 우리 다섯, 우리 여섯
> 우리는 쉰처럼 강하지
> 우리에게 대항하는 쉰은 무엇일까?
> 아무도 우리 다섯에 대적하지 못하네
>
> 우리 여섯, 일곱
> 우리는 예순처럼 강하지
> 우리에게 대항하는 예순은 무엇일까?
> 아무도 우리 여섯에 대적하지 못하네
>
> —Huun Huur Tu, 「Kozhamyk」 전문

나는 지금 카이갈-올 코발릭 앞에 앉아 있다.

자작나무
뼈다귀

해에 먹힌다

누이가 죽지 않았다면 흰 눈동자 나도 지녔을 텐데

—장석원, 「백야(白夜)」(『리듬』) 전문

　그가 나를 눈물이 되게 했고, 다음 생으로 인도했다. 내가 간취하
고 싶었던 이미지는 흰 밤. 죽은 자와 산 자가 분리되지 않는 밤에
내리는 눈을 본다. 그 밤에 그녀를 다시 만날 수 있을까. 자작나무
뼈다귀가 과거에서 현재로 뚫고 나왔다. 나는 구멍 난 채 백야 같은
피를 흘린다. 북소리가 대지를 건드린다. 지난가을 카이갈이 부르는
「Tuvan Internationale」을 듣다가 대곡(大哭)한 적이 있다. 모든 것이
배신과 상실의 석양 속에서 불타고 있었다. 죽어 가는 것들 속에서
사람의 목소리가 들려왔다. 살아남으라고, 살아서 복수하라고, 그것
마저 버리고 창공을 선회하는 독수리가 되어 그 시체를 뜯어 먹으
라고, 나를 위무했다. 숨 쉴 수 있었다. 생명이 거기에 있었다. 음악
의 시작이었고, 언어의 끝이었다. 시로 돌아가고 싶었다. 음악이 나
를 안아 주었다. 음악이 나를 자유로 이끌었다. 인생의 음악, 훈 후
르 투.

　이미 시작되었다 그것은

시작되자마자 사라지고 있다 그것은

사라지면서 시작되고자 한다

몰래 피어나 버린 꽃처럼 흘러오고 흘러가는 강물처럼

시작되면서 사라지고 있다 전격적으로 매일매일

사라지면서 시작되려 한다 그것은

너에게도 죽을 마음이 남아 있는가

나무가 제 그림자 속에 뼈를 감추듯

사라지면서 시작되고 있는
　　　　　—채상우, 「어떻게 사랑하게 되었을까」(『리튬』) 전문

　사랑이 시작되려 한다. 채상우의 시에 세 번 사용된 '그것', 사랑.
그것을 '음악'으로 바꾼다.

씽씽과 우한량

사로잡힌다. 부사 두 개를 박아 넣는다. 단박에, 기꺼이. 나는 저 부사 둘을 사용하여 (무엇을) 결정하고 실천할 것이다. 예술은 어디에서나 찾아온다. 우리의 감각과 인식을 열어젖히는 새로움에 눈을 뜬다. 있었으나 알지 못했던 것, 없었는데 나타난 것, 별개로 존재했으나 결합하여 돌연변이가 된 것. 만나면 '단박에' 나를 포박(捕縛)하는 것, 나를 할박(割剝)하는 것. '기꺼이' 나를 지우고 다른 존재로 변양하게 하는 것. 감각을 넘어서는 인식의 아름다운 쾌락이 여기에 있다. 무한한 행복이 나를 기다린다. 들어가서 먹히자. 완전히 용해되자. 지금의 '나'를 지우자. 그 너머에서 '나'는 다른 존재가 될 것이다. 새로운 잡종이 될 것이다. 다른 예술이 될 것이다. 모든 예술의 시작이고, 언제나 모든 예술의 종지(終止)인 시는 그 모든 것들의 가능성이다. 시가 나아갈 길을 두 음악가에게서 발견한다.

이희문의 강연을 2019년 5월 1일에 듣게 되었다. 그가 공중파 프로그램에 출연하기 전에, 그를 알게 되었다. 우연하게 유튜브에서.

NPR Music Tiny Desk concert. 크로스 드레싱(cross dressing)과 글램 락(glam rock)과 한국 전통 민요가 하나가 되었다는 짧은 소개. 머리가 비워지고 그 안에 불이 켜진 것. 강렬한 감전이었다. 지인들에게 소개했다. 후배에게 메신저로, 제자들에게 강의 시간 감상용 교재로, 들려주고 보여 줬다. 음악 때문에 다른 세계로 빨려 들었다. 100프로 충전되었다. 에너지 상승, 고열 발현. 여기상태(勵起狀態) 도래. 밴드 씽씽(Ssingssing)이었다. 아저씨 팬의 두근대는 가슴을 부여잡고 강연장에서 씽씽밴드의 리드 보컬리스트였던 이희문을 만났다. 사진 찰칵, 동영상 촬영, 육성 공연에 흠뻑. 「자진난봉가」처럼, 나는, '넘어간다 넘어간다' 넘어가고 말았다. 그가 말했다. 국악에는 판소리만 있는 게 아니에요. 멜론은 '국악' 하나에 다양한 음악을 때려 넣었어요. 경기민요는 있는지도 몰라요. 아쉽죠. 판소리는 소설이고 민요는 시에요. 한 대 세게 얻어맞은 느낌. 우리는 그 사실을 알고 있었던가. 알고 있다고 착각한 것은 아닐까. 김소월 시의 특징에 민요를 접착시켰지만, 그 결합의 의미를, 현대시와 민요의 관계를, 김소월이 성취한 이질적인 현대성을 성찰해 왔는가. 전통에서 현대성을 발굴해 본 적 있던가. 광맥을 찾기 위해 필요한 것은 다이너마이트이다. 터뜨려라, 상식을, 깨부숴라, 감각을.

밴드 씽씽의 음악은 결합된 다중체이다. 상상하지 못했다, 민요와 락을 혼혈할 생각, 불온하다, 민요와 다른 음악을 섞어서 새로운 잡종을 만들 생각, 천재적이다. 아무도 시도하지 못했던 것이다. 도전이 필요하다. 살피면 늦는다. 안 되는 것 없다, 일단 해 보자, 이런 '똘끼'가 중요하다. 김수영과 김소월을 뒤섞은 잡종 현대시를 아무도 꿈꾸지 않았다. 민요와 산문시를 하나로 만든 돌연변이는 왜 없는가. 씽씽의 음악은 민요에 락을 반주로 입힌 형태라고 하는 것이 적당할 수도 있다. 장르 이름, 스타일 규정은 중요하지 않다. 없던 것이 탄생했다는 사실이 중요하다. 혁신적인 새로움이 이룩되었다. 민요가 우리에게 돌아왔다. 가치 부여는 나중에 연구실의 '당신들'이 하는 것. 평가는 역사가 실시하는 것. 나의 감정은 그랬다. 민요의 선율과 가사가, 흐느끼는 기타와 떠나가는 님의 발소리 같은 베이스가 가슴을 찢었다. 솔직히, 당혹스러웠고 고통스러웠다. 직장으로 가다가, 내부순환도로의 교통 체증에 갇혔고, 도착할 때까지 「노랫가락」을 반복해서 듣다가, 눈물이 흘렀다. 그냥 그래야 했다. 음악이 나를 먹었다. 노래가 나를 열었다. 그리고 나는 시를 잃었다. 그럴 수밖에 없는 것이다. 어떤 음악은 사람을 멈추게 하고, 변화하게 한다. 그 음악은 열광으로 몰아간다. 끌려가도 좋고, 매달린 채 대롱거려도 좋다. 올가미만 남아도 괜찮다. 말라 부스러져 먼지가 된다 해도, 새로운 세계로 나아갈 수 있다면, 그 과정이 대가를 요구한다면, 기꺼이, 이전의 언어를 버릴 것이다. 나를 지워 버릴 것이다.

씽씽, 이들은 가수이고, 댄서이고, 무당이다. 이들이 펼쳐 놓는, 가늠할 수 없는 새로운 음악을 듣고 있노라면 느낌을 표현할 수 있는 서술어가 순식간 증발하는 상태를 경험한다. 뚫렸다, 시원하다. 자유를 만끽한다. 떡을 사오 떡을 사. 「떡타령」이 당도했다. 이 근처에 숙박업소가 많아, 아휴 떡 냄새가 진동하는구나. 떡! 떡! 떡! 피스 트레인(peace train) 공연. 나는 들렸고 터졌고 쏟아졌다. 가사의 뜻이 분해되고 기표만 떠다닌다. 음악이 사라지고 가수가 증발하고 신명이 폭발한다. 모두가 선율이 되고 리듬이 되어, 분리할 수 없는, 한 덩어리가 가슴을 찢고 나온다. 기관이 사라진다. 악보 같은 주름이 몸을 휘감는다. 음 하나가, 비트 하나하나가 움직임이 된다. 순수한 움직임이 눈앞에서 물컹거린다. 육체의 오르가즘 속에서 남성과 여성은 존재하지 않는다, 분리할 수 없다. 비슷하다. 옹헤야, 옹헤야, 에헤에헤 옹헤야, 어절씨구 옹헤야. 음악이 무성으로 우리를 몰고 간다. 죽음과 어둠을 뚫고 생명과 빛이 돌아온다. 나는 살아 있다. 아니, 살 수 있다. 이별 후에 또 이별이 찾아온다 해도 나는 살아갈 것이다. "사랑도 하여 보고 실망 실연도 당했노라 오동추야 긴긴 밤에 기다리기도 하였노라 쓰리고 아픈 가슴을 쥐고 울기도 하였노라."

씽씽의 음악은 우리에게 예술의 본질이 무엇인가를 생각하게 한다. 오로지 '음악(예술/시)'이 주어이자 목적어이다. 그들의 음악이 빚어내는 문형. 음악이라는 주어와 목적어. 서술어를 상정하지 않는 음악. 이것도 음악(시)이고, 저것도 음악(시)이다. 모든 것 속에 음악(예술)이 있다. 음악(예술)에는 그 어떤 벽도 존재하지 않는다. 음악(시)은 벽과 경계를 모른다. 음악(시)은 자유이고, 음악(예술)은 무한이다. 예술은 언제나, 새로움 그것이 되어야 한다. 모더니티와 전통의 회통을 목격한다. 근원적인 것 속에서 근본적인 혁신의 에너지를 채굴한다. 국악의 개조가 아니고, 락의 변신이 아니다. 씽씽은 새로운 괴물이다. 단독자이다. 해체하여 지금 존재하지 않지만, 예술의 새로움이 어떻게 창조되는가를 증명해 주는, 사라지지 않는 현재가 되어, 씽씽은 우리 가슴속에서 맥동하고 있다.

예컨대 발을 들이자마자 발목이 잘린 새가 날갯짓해 봤자 푸드덕거림에 그치다 모가지가 꺾이면은 그게 누구 탓이 될런고? 제비도 은혜를 갚아 근데 누군 부모 뒷바라지도 못 해 주니 저 개망나니 같은 잡것들도 효도를 하는데 무슨 죄를 저질러 나의 꼬라지가 이 꼴인 것만 같소 순전히 당하고만 산 눈망울은 닮았어 황소를 쏙 빼닮아 도축당한 내 마음이 그게 누구 탓이 될런고? 한풀 꺾인 기세 생각하랴 하물며

지새운 밤 금의환향 구운몽에 불과하리라 기대를 하면은 욕심들이 싹
트고 욕심들이 싹트면 재물들을 탐하고 재물들을 탐하면 계집질 탐하
는 탐관오리 나는 꿈꿨네

우한량의 앨범 『조선(Chosvn)』에 실린 첫 번째 트랙 「유배」의 가사
이다. 빠른 랩으로 구현되는 가사 뒤로 가야금이 연주된다. 황병기
이다. 힙합다운 비트가 없다. 국악 연주에 랩을 고스란히 얹은 작품
이다. 황병기의 연주와 랩을 결합시켰다. 이것이 새로움이다. 힙합
이냐 아니냐를 가리기 전에, 랩의 라임과 플로우를 따지기 전에, 전
체 텍스트의 의미를 파악하기 전에 없었던 형식 앞에서 현기증을 느
낀다. 아구통이 얼얼하다. 이것은 무엇인가. 어떻게 이것이 가능한
가. 한 번 더 묻는다. 이것을 무엇으로 규정할 수 있는가. 우리가 생
각할 수 없었던 것, 우리가 느낄 수 없었던 것이 여기에 있다. 창조
의 무한함 앞에서, 이루어진 기적 앞에서 가슴이 뜨거워진다. 우리
는 이것을 진보라고, 예술의 승리라고 말한다. 우리는 이것을 진정
한 전위(avant-garde)라고 평가한다. 결합할 수 없는 것은 없다. 하지
않아서 없었다. 정해진 것, 만들어진 것, 주어진 것을 받아들인 결
과이다. 우리는 수인(囚人)이다. 우리는 우리를 안락한 현재에 가두
었다. '이 세계'가 우리의 터전에 설치하고 우리의 몸에 주입한 독사
(doxa)를 스스로 내면화한 후 우리는 권위와 명예를 뜯어먹기 위해
들짐승처럼 날뛰었다. 예술가인 양 행세하며, 유명해지고 싶어서 인
정받고 싶어서 안달하며, 선과 악을 구분하지 않고, 권력의 시녀가
되는 것도 마다않았다. 가짜 기준과 거짓 언어로, 예술성을 들이대
며, 젊은 세대의 개성을 잘라 냈다. 기득권을 잃지 않기 위해 억압과
착취와 사기를 지도와 기회와 중개로 위장하면서 후배와 제자를 사

용했다. 무한한 복제가 가능한 매체의 특성을 인지하지 않고 표절인지 아닌지 구분하지도 못하면서 심사자의 권위로 거짓 작품을 진짜라고 못 박았다. 이 축생도를 전복시킬 수 있는 이유, 우리가 음악과 시 속에서, 새로운 예술가에게서, 인간의 아름다움과 정신의 해방과 감각의 비상과 사랑의 역능을 경험할 수 있기 때문이다. 예술의 신세계로 우리를 데려가는 주체로 고유명사 우한량을 기입한다.

이제는 그 형에 대해서 자신 있게 이야기를 할 수 있어 내가 구미라는 작은 동네에서 한참 배달할 때 살던 옆집 조선족 형이었는데 원래 건달을 하다가 그만두고 숨어 지내며 과일을 파는 형이었지 그 형은 항상 내게 말했어 공부를 하라고 랩하지 마라고 그래서 난 그 형이 밉기도 했지만 같이 삼겹살 구워 먹고 점점 친해졌어 첨엔 인상이 험하고 북한 말투 무섭곤 했는데 볼수록 착하고 정이 가더라고 대머리까지도/그에겐 가족이 없어 그에겐 부인이 없어 그에겐 친구도 없어 그에겐 아무도 없어/그땐 근데 어려서 그 형이 나보고 방 안에 박혀서 랩만 하면 우울증 온다고 해서 화가 나서 그 형에게 나가라고 했고 나는 누가 조언해 주는 게 싫었어 근데 씨발 생각해 보니까 나한테 조언을 해 주는 사람 그 형밖에 없는 것 같았어 (중략) 예전에 살던 그 형님의 집으로 찾아가서 문을 두드렸지만 대답이 없었고 다행히 1층이라 건물 옆쪽 창문으로 방 안을 들여다볼 수 있어서 창문을 열자마자 널브러진 부탄가스들과 말없이 누워 있는 형 내가 형이 키우고 싶다 해서 맡긴 강아지까지 모두 창백하게 놀란 나머지 건물주에게 연락을 했고 그게 내가 본 형의 마지막/그 형은 부인이 없어 그 형은 친구가 없어 그형은 가족이 없어 조폭들 보복이 두려워 평생을 가명으로 살았어/수십 년을 외로이 지내다 간 형에게 내가 해 줄 수 있는 작은 노래 선물

조선족이라고 멸시받으며 살았던 형을 좀 더 헤아렸었다면 이제야 깨
닫게 되었어 나는 소중한 사람이 죽어야 그제야 소중함 느끼는 쓰레기
정서적으로 불안했던 날 감싸 준 건 형이 첨이었어 이걸 녹음하면서도
형이 보고 싶어

— 우한량, 「황억두」 부분

국악 연주가 없는, 익숙한 반주가 깔린 힙합 곡이다. 가사가 시와
경쟁한다. 발음을 뭉개면서 우한량이 토설하는 랩의 내용. 조선족
형 '황억두'의 비극적인 죽음을 목격한 '나'의 회한이 짙게 드리워져
있다. 그 형에게는 부인도 친구도 가족도 없었다. 나도 그 형처럼 외
로웠는데, 나는 랩만 했는데, 그 형이 비극적으로 죽은 후, 그 형이
세상에서 없어진 이후에야 "소중함 느끼는 쓰레기"라는 '나'의 발화.
결국, 우한량이 깨달은 것. "불안했던 날 감싸 준 건 형이 첨이었"다
는 사실. 이제서야 "형이 보고 싶"다는 마음을 확인한 후, 우한량은
울지 않고 자신에게 소중했던 형 '황억두'를 위한 작품을 남긴다. 오
늘, 우리의 시가 잃어버린 것이 여기에 있다. 소수자와 약자를 외면
하고 좁디좁은 내면에 갇혀 있는 시. 쓸 것이 없다는 소리. 비슷비슷
한 시들. 서정은 서정의 울타리 안에, 난해는 난해의 가두리 안에 유
폐된 채 분별이 어려운 제품들이 생산되고 있는 상황. '황억두들'을
시가 받아들여야 한다.

현재의 한국 힙합은 죽어 가고 있습니다. 힙합 문화가 대중매체에
서 소비되고, 하나의 유행을 넘어서 시대의 징표가 된 현상은 힙합
아티스트가 되고 싶어 하는 사람들에게는 희망의 무지개가 떴다고
착각할 만한 현상이라고 평가할 수도 있습니다. 거짓입니다. 김심야
라는 래퍼의 가사를 인용하여 말해 보면, "지금 유행하는 것은 랩이

아니라 쇼미더머니(힙합 오디션 프로그램)가 정말 맞는 말"입니다. 동의합니다. 방송국이 음악을 쓰레기통에 쑤셔 넣었습니다. 보이는 것, 주어진 것에 대중은 광적으로 반응합니다. 획일적 쏠림 현상을 조장하는 일회용 상품들이 줄줄이 나타나고 있습니다. 에미넴(Eminem)을 존경해서 랩을 듣기 시작했을 때와 지금의 상황은 다릅니다. 타락했습니다. 대중의 입맛에 맞게 곡을 써서 영합해야 살아남습니다. 예술성에 매진하는 것이 아니라, '돈 냄새가 나는 곡'을 만들어 파는 것이 중요해졌습니다. 걱정이 많지만 희망도 사라지지 않았습니다. 절망적인 한국 힙합 장(場)에서 우한량이 독보적인 스타일을 창조했으니까요. 힙합은 미국에서 건너온 것입니다. 우한량은 한국적인 요소를 적극적으로 받아들여 새로운 장르, 전무후무한 힙합 장을 열었습니다. 우한량은 전통을 부활시켰습니다. 전통 속에서 가장 현대적인 것을 찾아낸 것입니다. 우한량은 새로움으로 대중을 저격하고 있습니다. 클럽에서 관객을 출렁이게 하는 배경음악이 힙합이라고 생각하는 싸구려 소비자가 아니라면, 힙합을 마초들의 스웩을 과장하는 도구라고 여기지 않는다면, 유행의 첨단에 방점을 찍는 패션 액세서리로 취급하지 않는다면, 우한량의 작품에서 무한한 가능성을 확인하게 됩니다. 우한량은 아메바입니다. 돌연변이 영웅 미스틱입니다. 힙합이 지닌 고유성의 원형을 우한량이 증명합니다. 언더그라운드 힙합 1세대라고 불리는 창작자들의 가사에는, 현재 유명해져서 돈 좀 만지고 있는 자들에게는 없는, 철학적이고 시적인 요소가 가득했습니다. 우한량은 1세대 예술가들과 비슷한 음악적 태도를 지니고 있습니다. 힙합 정신의 원형으로 돌아온 것입니다. 빨아들이지 못할 것이 없습니다. 「Equivalent Exchange」에서는 메탈리카(Metallica)의 기타 리프를 샘플링합니다. 확인합니다. 힙합은 그 모든 것으로 변신할 수 있고, 그 모든 것을 흡수할 수 있습니다. 때문에 우한량이 소중합니다. 선배들이 창조하지 못했던 예술을 우한량이, 마침내, 실현했습니다.(이 부분은 래퍼 최병준과 나눈 대화의 내용을 정리한 것이다.)

다른 곳에서 출현하고 있는 시를 응시한다. 시는 우리가 알지 못했던 것에서, 우리가 외면했던 것에서 탄생한다. 우리가 타락하는 동안, 새로운 예술은 시를 압도하면서, 빛나는 성취를 이룩해 냈다. 씽씽과 우한량이 시가 잃어버린 것을 생각하게 한다. 시가 돌아오고 있다.

시(음악)는 불온해져야 한다. 다시 새로움을 모색해야 한다. 시(음악)는 전통을 탐구하고 혁신해야 한다. 그것 속에 새로운 현대성이 있을 것이다. 오로지 새로움뿐이다. 그것이 예술의 숙명이다.

전위적(前衛的)인 문화가 불온하다고 할 때, 우리의 머리에 떠오르는 것은 재즈 음악, 비트족, 그리고 60년대의 무수한 앤티예술들이다. 우리들은 재즈 음악이 소련에 도입된 초기에 얼마나 불온시당했던가를 알고 있고, 추상미술에 대한 후루시초프의 유명한 발언을 알고 있다. 그리고 또한 암스트롱이나 베니 굿맨을 비롯한 전위적인 재즈맨들이 모던 재즈의 초창기에 자유국가라는 미국에서 얼마나 이단자 취급을 받고 구박을 받았는가를 알고 있다.

그리고 이런 재즈의 전위적 불온성이 새로운 음악의 꿈의 추구의 표현이었다는 것을 알고 있다. 이러한 예는 재즈에만 한한 것이 아닌 것은 물론이다. 베토벤이 그랬고, 소크라테스가 그랬고, 세잔느가 그랬고, 고호가 그랬고, 키에르케고르가 그랬고, 마르크스가 그랬고, 아이젠하워가 해석하는 샤르트르가 그랬고, 에디슨이 그랬다.

—김수영, 「'불온'성에 대한 비과학적인 억측」 중에서

　　조선이 낳은 황병기의 후예 내가 누군지 기억을 해 지금 넌 눈으로
보는 게 아니라 두 귀로 전설을 보고 있네 조선이 낳은 황병기 후예 헤
매고 뒹굴다 여까지 왔네 마지막 꽃들이 피고 나서 죽고 귀신이 되어
도 나는 살아가네 혼들이 곧 업적의 무덤 대가리가 타들어 가는 창작
의 관 속에 감각을 불태워 내 언어 다 새겨 묘비명에 세워 놓아 비석에
새벽녘 미명에

—우한량, 「Chosvn」 부분

　　아무것도 보지 말고, 아무것도 듣지 말고 나아가자. 아무것도 두
려워하지 말고, 새로움을 위해 불타오르자. 시여, 스스로를 부정하
라. 돌아보지 말고, 후회하지 말고, 현재를 뚫고 나가는, 돌아오지
않는 '아즈샤라'가 되어라.

에필로그

    음악과 깊게 포옹했기에 더없이 행복하다. 생의 고비마다 음악이 나를 이끌어 주었다. 돌아보니, 한 발자국도 벗어나지 못했던 것 같다. 음악의 빛 앞에서 나의 언어는 초라하다. 음악과 시의 차이를 알아내기 위해 고심한다. 시작은 언제나 언어이다. 의미의 문제이다. 음악을 창조하지도 못하는 나는 시 쓰는 자라는 의식을 각인한다. 음악 '같은' 시는 없다. 시는 음악이 아니다. 음악 역시 시가 아니다. 시와 음악을 하나로 뭉칠 수는 없다. 시와 음악은 경쟁자이자 연인이다. 사랑, 이 단어가 시와 음악의 관계를 설명한다. 음악과 시가 여기에 있다.

로이 뷰캐넌과 데이빗 길모어—불 위의 기타 또는 기타 불꽃
Roy Buchanan & David Gilmour

1장. 「Wayfaring Pilgrim」

상처 입은 나는 상처 쪽으로, 음악을 안고 쓰러진다, 스러진다. 언제나.

사랑하는 사람이 사라졌다. 음악으로 남은 이미지, 살아 있다. 재회를 기다리는 자에게 다가왔던, 달큰한 그 이름, 귓속에서 꿈틀댄다. 순례에 오른 사람. 기타리스트. 그는 울지 않는데 나는 운다.

음악도 사랑을 사랑으로 소화(消火)하지 못한다.

당신의 빛나는 음악. 나의 육체가 흡수할 수 있는 음악이 있을까. 내 몸이 기타가 된다면, 가슴뼈가 악기로 변한다면, 어떤 음악이 당신을 울릴까.

내가 연주하는 것은 육체가 아니라 그 몸의 이미지, 긴 시간 그 몸을 소화(消化)할 것이라는 의지.

이별의 두려움 때문에 떨리지만 당신의 음악이 아니면 그 어떤 것도 나를 잠재울 수 없네. 비가 쏟아지네, 당신의 물. 빗속에, 그리움 때문에 파선(破船)된 육체, 부서진 기타.

나를 송두리째 파묻지 못했다, 기타 속에.

기타여, 당신이 다가오면, 바람 얇아지고 구름 피어나고 물결 잠잠해지고 꽃들 후드득 몸 떨어뜨리고 하늘 더더욱 푸르러지고, 우리는 행복에 빠집니다. 부푸는 바다, 몸 큰 산, 부드럽게 휘어지는 강, 가슴팍 같은 들. 기타가 뿜어 올린 것들.

2장.「The Blue」

우뚝 솟아나
언제나
몸 밖으로 보이는
밖으로 물결쳐 흘러넘치는
나의 음악, 당신
함께 보낸 그날들

같은 이틀이 없었다, 다른 두 그루 나무, 다른 두 몸, 다른 당신,

없었다.

음악이 있었다.

한 번도 사라진 적 없는 당신, 음표 같은…… 원자들이 결집해서 생긴 당신의 몸, 숨결, 음악. 사랑에 빠져 나의 영혼은 당신의 육체 속에서 산다. 내 몸 속의 음악처럼.

당신의 배, 기타, 나의 무덤.

내 영혼의 집은 비어 있고
쓰나미에 쓸린 모랫벌처럼
음악 잃은 나는 죽어 가고 있네

음악, 내 영육(靈肉)이 피눈물로 흘러내린 것. 쾌락이 끝나는 곳에서 발생하는
음악, 사랑의 최후에 들려온다.
시간의 원소, 음악, 영원한 현재의 불꽃.

우리의 목소리는 사라지지만
이것은 사라지지 않는다.

3장. 「Faces of Stone」

음악은 행복, 몸을 마비시키는 독, 매혹, 마법.
맹금(猛禽)에게 쫓기는 새. 나는 음악의 부리 속으로 날아간다. 죽음 속으로 날아간다. 사랑이란 그런 것이다. 사랑 때문에 쾌락이 발

생하지만, 그 고통을 피하기 위해, 나는 죽음으로 귀환한다.

나의 얼굴, 음악. 나의 육체와 음악 사이에는 거리가 없다.

나의 눈에 당신이 아른거릴 때

음악의 육체가 내 마음에 거주할 때

고통이 지속될 때

우리의 비극은 서로의 육체가 빚어내는 음악을 듣지 못하는 것

불가능한 것, 음악을 완전히 포용하는 것.

나보다 더 나를 증오하는 사람, 거울 속의 나, 그 안에 갇힌 사람, 음악이 없는 저 고요한 유리의 안쪽.

음악은 나의 영혼을 부수고 나의 몸을 이끈다. 당신을 증폭시킨다. 나는 쾌락 속으로. 음악이 흘러나가는 창문 너머 버드나무 그림자 속 당신이 보인다. 머리를 풀고 호곡(號哭)하는 기타. 돌에 새긴 당신의 얼굴.

4장. 「Echoes」—음악은 나의 긴 여름

조용한 햇살

어루만지는 바람

살갗에 스며드는 비

그 여름의 아침

투명하게 부푸는 숲처럼

210

천둥의 반향처럼
나를 에워쌌던 당신의
음악에 마취되어 아득해져
나는 모든 것을 잃었네

그믐의 숨소리처럼 끊어집시다
이제 우리 헤어집시다
이제 그만 헤어집시다

나 살아 있을 때 오지 않고
나 꿈꾸어도 아니 오는 당신

닿지 않는 사람아
무정한 세월아
흐린 거울 속
눈썹이 어지럽구나

원망하다 잠들고 깨면 서러워
저녁놀 번진 하늘
하늘거리는 날벌레처럼 또 서러워
있지도 않은 손
더 덥석 부여잡았네
빈 가지 같은 나의 손
몰래 다녀간 당신을 붙잡지 못했네

가만가만 숨결 보내는 나의 마음
불타
재 되었네

5장.「Comfortably Numb」—개별성이 무너질 때까지

사랑하는 사람을 바람에 실어 보냈습니다
풍등(風燈)처럼 사라지는 당신
떠나보낸 후에야 당신보다 자유로워졌어요
죽은 당신이 나의 자유를 이루었어요
잘 가요, 그대
사랑은 영원하지 않아요 나의 사랑은 영원하겠지만…… 사랑의
종말 후 비상을 시작한 나의 형해(形骸), 사라집니다 당신은 나를 잊
을 수 없습니다
당신을 버린 후, 자유를 얻었어요
비애여……

나를 이곳에 데려온 것은, 나를 구원한 것은, 음악. 그것이 나를
발아시켰다. 이별 후에, 이별 후의 이별 후에, 재결합 후에, 상처가
더 갈라졌다. 그날의 나는 죽지 않았는데 오늘의 나는 죽었다. 새들
이 지저귀는 소리 다가온다. 음악은 내 몸의 과거에서 시작되었다.

그리하여 키스 더 깊은 키스
그리하여 기쁨 더 큰 향락 영원한 키스
빛과 색채로는 그릴 수 없는 몸

소리 속에서 나타나는 몸
사라지는 모든 연인들 모든 별들 모든 절망을 제거하는
키스, 키스, 키스
두 육체가 이루어 낸 음악

나는 옛날로 뛰어내린다
번개처럼 금이 가 버린 나의 몸에서 음악이 퍼져 나온다

먼 곳에서, 아주 멀리서, 당신이 보낸, 침묵 뒤편에서 퍼져 나오는
노래.
내 손을 잡고 눈을 감아 봐
눈물이 솟아납니다. 코를 대고 나의 냄새를 맡아 봐요. 그날의 냄
새예요.

나는 음악 속에서 만들어졌어요, 수동적으로, 당신이 품고 있는
음악 속에서, 당신의 복중(腹中)에 기어든 축축한 달빛이 나를 만들
었어요.
아버지가 신음하면서 나를 내뿜었던 순간 아버지는 무엇을 보고
있었을까. 입술이 바르르 떨렸겠지, 슬픔 때문일 거야, 당연히 나도
그렇게 될 거야, 당신이 돌아왔기 때문이야.

서술어를 불태우는 기타. 영원(永遠)의 시작. 침묵을 가르는, 나른
하고 포근한 포옹의 희미한 빛.

6장. 「A Great Day for Freedom」

이미지로 자은 피륙, 음악

기타, 기타

소멸은 어디에 있을까, 당신 없는 잠은 어디에서 사라졌을까, 당신 없는 거울은 또 어디에 있는가.

영원한 부재 속에서 음악이 태어난다. 죽음 후에 당신이 돌아오는 것처럼. 이별, 죽음. 그것이 빚어내는 삶의, 고통의 무한한 재생이, 4월의 꽃처럼, 질병처럼, 돌아왔다. 로이는 죽지 않았다. 기타가, 불꽃이, 나를 태운다.

나와 너로 출생해서 영원히 나와 너로 살아간다. 깨진 돌처럼 헤어진다. 사랑과 증오를 껴안고 죽어서야 하나가 된다.

7장. 「Sweet Dreams」

봄의 들판을 가로지르는 야마(野馬). 저녁 산을 휩쓰는 불길. 노을 속에서 당신이 나를 찾아낸다. 언제일까, 음악이 끝나는 날.

음악 앞에 무릎 꿇는다. 나는 언어를 포기한다. 음악과 나는 결의했다. 헤어지지 않을 것이다. 우리는 같이 늙어 갈 것이다. 영원히 돌아오지 않을 것이다. 이곳으로, 당신에게로.

당신의 동굴에서 퍼져 나오는 빛살. 당신의 눈꺼풀 안쪽에 어린 얼굴. 그것은 환영. 육체가 빚어내는 환락의 허밍, 바람처럼 멈췄다가 시작되는 영원한 심장박동. 당신의 숨결, 기타……라는 칼이 나를 가른다.

음악이, 쌓인다, 짙어진다. 음악이, 깊어진다. 거품처럼 나부끼는 색신(色身). 하늘에서 음악이 내려온다. 완전한 현재. 기타가 그림자를 벗고 날아오른다.

눈물 없이 이별 없이
시련 없이 침묵 없이 열광 없이
하나 되는 연인들의 슬픔 없이 온몸으로 빚는 쾌락 없이
헤어져 절며 걸어가던 제방 벚꽃잎 휘날리는 그날의 석양 없이 두려움 없이
혼자서 이기겠다는 다짐 없이
살 수 없다
음악 없이

사랑이 이루어진다면 나는 가리라, 음악 없이
그곳으로, 죽은 후에 갈 수 있다면 가리라, 음악 없이

사구(沙口)로, 사구(死口)로
가리라
음악 없이

8장.「Marooned」

검은 방파제에 부딪치는 파도의 파열음, 광휘일까, 음악이 보인다.

4월의 난파된 꽃들. 춤춘다. 오후의 춘곤. 잠 속을 날아다니는 나비, 춤추는 음표들, 하얀 엉덩이 같은 꽃나무들, 늘어선 벤치들, 연인들, 키스.
사랑이 끝난 후에 떨어진 꽃잎들, 흰 절망, 휘발하는 음악, 키스.
꽃그늘 속에 투명한 물고기 떠다녀요, 키스.

음악은 불가능한 사랑. 사랑하는 육체는 화장되는데, 숨이 끊어질 때 단 한 번 들렸던 나의 음악.
이별. 절망. 자기 처벌. 야위어 나를 지워 내는 것, 그 쾌락. 바수어진 뼈. 가루. 꽃처럼 날아가 사라지는 나의 음악.

사랑은 기필코 불행해야 한다. 나의 천형. 입 벌린 불가능, 사랑. 산(山)처럼 확실한 절망.
당신의 심장이 내 안에서 뛰고 있다. 어둠의 알몸을 껴안자 불꽃이 피어오른다. 불꽃, 기타, 비명. 음악 속에서 연소된다.
나는 이 세계를 사랑하지 않는다. 당신을 나에게 던져 버린, 그리고 태워 버린, 방금 전에 끝장난 세계. 당신이 있어서 견딜 수가 없다. 살아 있다는 사실이 명징해진다.

음악 앞에서, 나는 더러워진 꽃잎. 금방 사라질, 무한한 부패의 느낌. 음악이, 전철역에서 밀려 나온다, 노동자들처럼. 플라타너스 아래, 지나가는 인파처럼, 음악이, 푸른 부피가 점증한다.

음악은 안으로 빨려 들어 외부를 닫아걸고, 원인과 결과를 뒤섞는다. 음악은 메워지지 않는 구멍이고, 지속되는 질주이다.

9장. 「The Messiah Will Come Again」─사랑도 거짓말

당신이 날 생각한다는 말도 거짓말 꿈에 들어와서 웃어 준다 하였는데 그것도 거짓말

어루만지던 손 생생하게 떠올라 잠 못 이루는데 어떻게 꿈을 꾸나 나는 당신 만나는 꿈속으로 영영 돌아가지 못한다네

가서 안 올 것이면 말이나 말지 못 올 것이면 말이나 삼키지 사랑은 박아 두고 떠나지 데려가지도 않고 왜 돌덩이처럼 날 버려두었나

사랑은 날이 갈수록 닳아 버리는데 내 사랑은 날것이라 날마다 단단해지네 사랑이 날 병들게 하고 그 사랑이 마르기 전에 더 많은 눈물 흘리게 하였어도 후회하지 않네

사랑도 실망도 실연도 전부 내 몸이 빚어낸 인과이니 뉘우친들 이 사랑 꺼지겠는가 동지 밤 기다린들 돌아오겠는가 우네부네 흐느낀들 당신이 피어나겠는가

봄꽃 해마다 돌아오는데 당신은 왜 안 오고 왜 마음속에서 나오지를 않는가 내가 새 되어 날아가면 만날까 차라리 당신 없는 곳 이별 없는 곳으로 날아가서 홀로 꽃피는 꽃나무 되어 눈물 없이 살아갈까 사랑 없이 살아갈까

못하네 그렇게 못하네 다시 만나 그 몸 부여안고 얼크러지려네 피었다가 밟히는 꽃잎 되더라도 하루라도 사랑 더 하고 살겠네 꽃처럼 부서지겠네

10장. 「Down by The River」

창문 밖 흘러가는 몸들, 구름. 입에서 핏줄기 흘러나온다. 눈물에 섞여 허벅지에 떨어진다. 추락하는 동안 절규가 나를 관통한다.

기타가 나를 뚫는다. 기타가 나를 찢는다. I shot my baby.

사랑하는 사람이 나를 강물에 던졌네, 나를 무지개 너머로 추방했네, 떠내려가는 시체, 나는 그 사람의 손을 놓지 않았네, 이 강물은 어디에서 끝날까, 기타 소리가 내 몸을 난자하네, 나는 아프지 않다네, 나에게는 흘릴 피가 없다네, 흐르고 흘러 세월 가면 무엇이 사라지는가 무엇으로 살아지는가. 가네, 가네, 나는 가네. 음악이 나를 깨끗하게 했네, 이제 돌아갈 수 있게 되었네, Ooh, la la la la la la …… together

어둠은 나의 몸
달과 별은 당신의 몸
죽은 자의 음악을
사랑을 잃어버리고 듣다가
나를 늘어뜨렸네 떨어뜨렸네
가늘어진 흰 몸
이별 없는 곳으로 내려갔지
그곳도 이별

더 큰 고통이 나를 기다리네

기타가 나를 절개하는데, 피, 흐르지 않는다. 나는 사라진 것일까.

음악이 안에 들어와서 말을 건다.

"나와 함께 떠날 수 있어?"

"부활 후에 같이 갈게, 이미 나는 죽었으니까."

11장. 「Fly… Night Bird」

더 많이 만났고, 더 많이 슬펐고, 더 많이 아팠기에, 조금 더 죽음에 근접했다. 당신이 지옥이었다. 그래서 행복했다. 바람이 불어오듯, 어둠 속에서 빛이 사위어 가듯, 저 바깥, 떠나는 당신이 보인다. 재회하지 못할 것이다. 죽음보다 앞서 당도한 기타, 벽공(碧空)을 물어뜯으며 빛난다. 기타……라는 응혈

뼈가 부러진 것처럼
두개(頭蓋)에 구멍이 뚫린 것처럼
내장을 지나간 총알의 온기처럼

기타가 나를 분형(焚刑)한다

음악은 그 무엇이어야만 한다. 나는 아무것도 아니어야 한다. 맞이할 죽음(음악), 이별의 시작.

이별 없는 곳으로
날아가라, 밤새여……

4월의 꽃들, 폐허의 중심에서

기타에 베여 피를 흘린다
음악, 치명(致命)의 꽃

심장을 터뜨리는 냉혹한 로이
파란 얼음 불꽃 데이빗

절복시키는 기타
사랑이 작살처럼
다시 다가온다

나와 당신은
들려올 선율이고 다음 음에서 다음 음으로 이어지는 인연이고
영원한 한 몸이다

사랑이 끝난 후
천공(天空)에서 들려오는
음악, 기타 불꽃
나는 흩날린다

납빛 분노 위에 내려앉는
부첩(符牒) 같은 재의 나비